JN281377

聖者の行進

堀田善衞

聖者の行進

堀田善衞

版画　宮崎敬介

目次

酔漢

安元三年、改元をされての治承元年、西紀としての一一七七年、四月廿八日の夜、京都樋口富小路の小家に、五人のさむらいが集って、酒を飲んでいた。

外には、烈しい風が吹いていた。

酒宴の中心人物は、その名を成田兵衛為成といった。成田は、小松殿といわれる平重盛の乳人子《めのとご》、すなわち乳母を同じくする乳兄弟であった。

成田兵衛為成は、まことに浮かぬ顔つきで、酒を飲んでいる。そうして成田を囲んで飲んでいる四人の男たちもまた、同様に浮かぬ顔つきである。盃は身の前にあり、高坏には何ほどかの肴も盛ってあったのではあるが、つまんで食べようとするものもなく、話もまたはかばかしくは運ばないのである。

「鬱陶しいことである」

と一人が言っても、主客である成田兵衛為成こそが、もっとも鬱陶しい心境にあったのであってみれば、その鬱陶しさが晴れるわけもなかった。

しかし、酒は飲めば酔うものである。

彼等、成田兵衛為成をも入れて計五人の男どもが、ともどもに鬱陶しく、かつは物も言いたくないほどに莫迦莫迦しい心境で、砂を噛むようにして酒を飲まなければならぬについては、それ相応の理由があった。

その理由が、これがまた莫迦莫迦しいほどに遠いところに、由来していた。彼等の五人に、何等直接の関係がなかった。

前年の夏に、加賀の国司近藤師高たるものが、弟の師経なるものを、私に加賀の目代《もくだい》、つまりは代官に任命した。兄弟ともに素姓のいやしい下臈であったが、才たけた輩であったので、ここまでのし上って来たものであった。

この師経たる代官、代官たるにふさわしく権勢をふるいたかった。兄の国司がやりたい放題に神社、仏寺、権門勢家の庄領を没収したりした、その兄に負けたくなかった。それだけのことであったが、着任早々に、事故を起した。

加賀白山中宮の末寺に、涌泉寺という寺があった。国司の庁から程近いところにあった。この寺の湯屋へ、目代師経の使用人どもが乱入し、自らも湯を浴び、また馬を洗ったことから紛争が起きた。

寺僧たちは、

「当山草創このかた、国方の者がここへ入ったこともないし、牛馬の湯洗いするなどとはとんでもないことである」

と怒った。

すると使用人どもは、

「なにをぬかす。国法に従え、この坊主ども」

とやりかえした。

争いは大きくなった。寺僧たちは件《くだん》の者どもを追い出そうとし、国方の者どもは応援に寺内に乱入しようとする。そのうちに寺僧のある者が、馬の尻毛を切って落とし、脚を叩き折ってしまった。馬は師経秘蔵の駿馬であった。しかも、ついに国方の者どもは寺領から追い出されてしまった。

これを聞いた師経は大いに怒り、数百人の人数を集め、襲いかかって数日のうちに坊舎の全体を焼き払ってしまった。

これがきっかけであった。僧たちは、直ちに檄をとばした。

北の四箇寺に隆明寺、涌泉寺、長寛寺、善興寺、南の四箇寺に昌隆寺、護国寺、松谷寺、蓮花寺、これら八院の衆徒等が会合をして、使者を中宮へたてた。別宮、佐羅、中宮の三社に、岩本、金剣、下白山の三社、奈谷寺、栄谷寺、宇谷寺、計三寺六社の大衆もまた同意合流をして、目代師経を誅罰せよ、と決議した。

かくて七月一日に、数百人の大衆が国司の庁へ喚き喚き押し寄せた。

けれども、師経は、少々やりすぎたか、と悔い、いち早く京都へ逃げ帰っていて庁に人影がなかった。大衆をひきいて来た六人の老僧は、協議して国分寺で二千人の大集会を開くことにした。

かくてこの席上、本山である比叡山延暦寺に訴えて師高、師経を断罪すべきである、ということに決定をみ、寺官六人を京へ送ることになった。しかし本山では、それはあまりにもつまらぬ事件である、としか見てくれなかった。本社白山ならばともかくも、ただの末社のことではないか、ということになる。六人の寺官は、十一月になってしおしおと戻って来た。大衆集会がまたまた開かれた。衆徒たちは納得をしなかった。六人の寺官は、またまた京へ追いかえされ、年越しをしてまで本山の谷々坊々に訴えかけて歩いたが、誰も相手にしてくれなかった。事はこじれにこじれてしまった。またまた集会がひらかれて決議文が採択された。

謹デ白山妙理権現ノ垂跡ヲ尋ネ奉レバ、日本根子高瑞浄足姫《ヤマトネコタカタマキヨタリヒメ》御宇《ノギョウ》、養老年中ニ鎮護国家ノ大徳神融禅師行《オコナヒ》出シ給テ、星霜既ニ五百歳ニ及デ、効験今ニ新ナリ、日本無双ノ霊峯トシテ、朝家唯一ノ神明ナリ、而《シカル》ヲ目代師経程ノ者ニ、末寺ノ一院ヲ焼亡《ヤキウシナハ》レテ、黙止スベキニ非《アラ》ズ、此《コノ》条モシ無沙汰ナラバ、向後ノ嘲、断絶スベカラズ。

そうして行動予定としては、白山七所のうち、佐羅の早松の神輿をかつぎ出して、本山延暦寺に振り上げることに決した。治承元年正月末日、甲冑を帯した武装集団は、大衆一千人で京に向って出発した。

途中、二回ほど、本山から上洛を思い止まり、裁許を待て、という牒状が来たが、衆徒は、「人恨ヲ成スニ、神嗔《イカリ》ヲ起ス、神明ト衆徒ト鬱憤和合ス、人力成敗スベカラズ、冥慮輙《タヤスク》測ルベカラズ」として行進をやめなかった。

しかし、とにかく神輿は一時途中にとどめ、同年二月廿九日、代表六人が叡山に登山をして、満山三塔の大衆に訴えることになった。三月九日夜、大講堂の庭に三塔が会合して僉議《せんぎ》、討論が行われた。

その結果、

上《カミ》ノ上タルハ、下《シモ》ノ崇敬ニ依ル、下ノ下タルハ上ノ威応ヲ守ル、然《シカ》レバ末社ノ訴訟疎《ウトカル》ベカラズ、末寺ノ僧侶苟《イヤシ》ムベカラズ、末寺トシテ既ニ本山ヲ憑《タノ》ム、本山争《イカデカ》末寺ヲ棄テン、ナカンヅク神輿《シンヨ》旅宿ニ御座、空シク本社ニ還御アラバ、白山面目ヲ失ヒ、神慮モツトモ測り難シ、早ク本末力ヲ一ニシテ、神輿ヲ迎へ奉り、仏神威ヲ垂レ給ハバ、豈《アニ》裁許無カラン哉《ヤ》。

と決議された。

僧たちは、口々に、

「尤《もっと》も」

「尤も」

と、大声に同じた。

決議は神輿を奉じて待つ衆徒に伝達され、かくて神輿は三月十四日には叡山の客人の宮の拝殿に奉じ入れられた。三千の衆徒が踵をついで礼拝を行った。

言うまでもなく山門の大衆は、次々と奉状を捧げて洛中に下って行ったが、なかなかに裁許は下らなかった。

由来、山門の訴訟は、他の訴訟事とはまったく性質を異にしていた。何分にも彼らは武装をした集団であり、治外法権的自治区域をもち、経済的にも強大であった。下手にこれを裁けば、忽ちに暴動が起ることは目に見えていた。その例はすでに枚挙にいとまなしというものであった。寺社と寺社の争闘によって内乱状態を呈したことも何度もあった。かつて朝家の重臣であった大蔵卿為房、大宰帥季仲卿などは、大衆の訴えによって流罪に処せられた。

しかしそれが朝家の重臣にかかわる重大事件ならばともかくも、師高、師経などという代物は、たかが下《げ》北面の武士上りの成り上り者にすぎない。朝廷がじかに裁決を下さねばならぬほどの者でもなく、事件といっても末社の一寺が牛馬にかかわる喧嘩口論のはてに焼かれたという、たったそれだけのことにすぎぬ。実以て莫迦莫迦しい事件であった。しかし、一時代の崩落は、莫迦莫迦しかろうがなかろうが、どこかに含蓄されて行かなければならぬ。

かつて白川院が、賀茂ノ水、双六ノ賽《サイ》、山法師、コレ朕《チン》ガ心ニ随《シタガハ》ヌ者、と嘆いたことがあった。

ぐずぐずと放置をしておいてはろくなことにならぬ。ということは誰にもわかっていた。がしかし、ぐずぐずのんべんだらりは宮廷の常であって、盛衰記は、「内々は私語申しけれ共、言に顕《あらはし》て奏聞の人なし。理《ことわり》や大臣は禄を重じて諫めず、小臣は罪を畏れて言はず、下の情上に通ぜず、この患《うれひ》の大いなり、と云事あり、されば各々口をぞ閉ぢたりける。」と記している。

ぐずぐずしているうちに、四月に入った。

四月十三日が行動日、と決定された。神輿は侵すべからざるものである。山門の大衆は日吉七社の神輿を餝《かざ》り、根本中堂へ振り上げて気勢をあげ、八王寺、客人権現、十禅師、この三社の御輿が京中へ下洛して行った。つづいて白山、早松の神輿も振り上げ振り下げして山門から下洛して行く。祇園三社、北野京極寺も叡山の末社であったから、神人宮仕《じんにんみやじ》など多数がくり出して来て合流、人々は手をたたき声をそろえて喚きあげた。大衆はその数三千人にのぼった。まだ朝のうちであったから、神輿の神宝は日に耀いて大衆に威を添えた。貴賤上下は走り募って神輿を拝した。おらびあげる法施の声は町々に響き、貧しい人々にほどこす洗米は道を埋めた。

勅命によって源平の軍兵が四方の陣を警固している。

神輿の列は、振り上げ振り下げして意気旺んに一条を西へ入り、北の陣から達智門へと振り寄せて行った。

ここに源兵庫頭頼政ほか三十騎が警護の責を負っていた。頼政はしかし、大衆が近接して来ると、突然下馬して甲《かぶと》をぬぎ、弓を平にし、左右の肱を地につけて神輿を拝した。大将がこういうことを率先してやったのであってみれば、家の子郎等も下馬して拝まねばならぬ。

大衆の方がおどろいてどよめいた。

頼政の使者が大衆に近づき、神輿を拝してから、次のように伝えた。

「勅命は背きがたい。従ってこの門を固めているだけである。しかしいまさら神輿に向って弓矢を引き放つわけには参らぬから、われら門を開いて下馬した次第。どうぞお入りをねがいたい。それにわれら、わずかの小勢であり、防ぎ切れもしませぬ。この件、貴方で御考慮をねがいたい。三千の大衆が、神輿を先立て、弱勢の頼政を蹴散らして入門なさっても、別に衆徒諸氏の名誉ともなりますまい。しかし、東面の北の脇、陽明門は、小松殿重盛公が三万余騎で固めてござる。あちらからお入りになれば、神威の程もあらわれ、御訴訟も成就し、衆徒後代の御高名になりますでしょうに」

大衆の側としては協議をせざるをえない。

結果、若者たちは一も二もなくぶち破れと主張をしたが、よりより協議の上、頼政の提案を入れることになり、方向を転換して陽明門を破ることに決した。

ところが、重盛指揮下の軍兵は、頼政のそれとは事変り、厳命をうけていた。断乎として神輿を入れず、あまつさえ矢を射て来た。矢は、侵すべからざる神輿の一つ、十禅師のそれに突き刺さり、神人一人、宮仕一人が射殺された。傷をうけた者も少くなかった。

意外の事態に大衆は動揺し、神輿を先頭にして今日のところは本山に帰らざるをえない。しかし神輿に矢がたったことは、まことに先例のないことであった。洛中洛外は、このことでもちきりとなり、国の乱れる兆であろうとの嘆きが方々で聞かれた。

しかも翌四月十四日に、もう一度大挙して下洛するという噂が聞えて来、夜半に天皇は周章狼狽、急場の時に用いる腰輿に乗って法住寺へ逃亡することになった。内大臣重盛以下の人々は、直衣に矢を負って供奉し、きわめて多数の軍兵が警護の任に当らなければならなかった。

山門ではしかし、神輿に矢がたち、神人宮仕が殺され、負傷者多数という事態に昂奮した大衆が、こうなったらもはや、神輿ののこりの四社を振り下して、七社の神殿、三塔の仏閣、ことごとくを焼き払ってわれらは山野に隠れよう、という論議をしていた。

そのことが伝わり、朝廷は大衆の要求を、ともかく取り上げることを決した。いままでは受付てもいなかったのである。

四月廿日、加賀守師高は解任、尾張へ流罪、弟の目代師経は備後へ流罪、と決した。そうして、神輿に矢を放ったかどで、官兵七人もが禁獄の刑に処せられることになった。

この七人のなかに、成田兵衛為成がいた。山門の衆徒は、この者を引き渡せ、唐崎で磔にしてやる。あるいは罧《ふしづけ》、つまりは成田の身を簀巻きにして水中に叩き込む、と要求をしたが、成田は重盛には乳兄弟であり、ほかならぬ重盛の命によって矢を射たものであった。重盛は山門をなだめ、禁獄をも乞い許して伊賀の国へ成田を流すことに妥協を見た。

莫迦莫迦しい話である。

酒は飲めば酔うものであった。あまりの莫迦莫迦しさに、飲みかつ酔うても、はかばかしくことばも出ない。たとえ名残を惜しむとしても、それは心中に思うことであって、名残が惜しいと口に出して言う莫迦はない。

外には、烈しい風が吹いていた。

成田が盃を膝の間に置いた時、あい集った四人の同僚のうちの一人が、憮然として言った。

「兵衛殿、御身が田舎へ下向されるについて、餞別に何かをさし上げたいが、見られる通り、何もない。されば、肴として便宜にこれはどうじゃろう」

男は刀を抜き、自分の頭の髻《もとどり》を切って抛げ出した。

するともう一人の同僚が、

「面白い。おれも」

男は刀をとり、片耳を切って座に抛げ出した。

やがて三人目は、

「そうだ、大事の財《たから》だとて何が惜しかろう。いちばん大事な財といえば、所詮は命。おれの餞別は、これだ」

男は腹を掻き切って、どうとその場に臥した。

成田兵衛自身は、

「おお、由々しい肴じゃ、是は。もはや京へ戻って酒を飲むこともあるまい。おれも酒の肴を出すぞ」

腹を掻き切って、臥した。

残った一人、この小屋の主が思うに、この連中のこの有様では、たとえおれが残ったところで、六波羅へ呼び出されてまたまた難儀なことになる。家に火をつけておれも死ぬ。

髻と耳を切った二人がどうしたか、それはわからぬ。

方丈記に鴨長明が言う。
去安《いんぬる》元三年四月廿八日かとよ。風烈しく吹きて、静かならざりし夜、戌《いぬ》の時許《ばかり》、都の東南より火出で来て、西北に至る。はてには朱雀門、大極殿、大学寮、民部省などまで移りて、一夜のうちに塵灰となりにき。

拠源平盛衰記

至福千年

――我また新しき天と新しき地とを見たり。――

ヨハネ黙示録

I

予言者と預言者とは、第一義的には別のものでなければならないようである、少くともキリスト教教学の範囲内においては。

預言者は、文字通り神の言葉を預かる人であり、予言者は、これも文字通り未来を推測して言う人である。そうして、神が、

《今いまし、昔いまし、後きたり給ふ主たる全能の神いひ給ふ『我はアルパなり、オメガな

り。』》

というものであれば、その言葉を預かって保持する者が語る言葉は、語られてはじめて予言となる、すなわちここで預言者は予言者となり、両者は一体の者となるもののようである。

私は非信仰者として、長年にわたって新旧の聖書に親しんで来た。かくて最終的に――いや、現在のところ――、私に最大の謎を投げかけるものが、やはり預言者、すなわち予言者、あるいはその複数者たちの言句であると思うものである。

この預言、あるいは予言、もう一つ言い換えての黙示、あるいは啓示なるものは、キリスト以前のユダヤ教系には、実に多数のものがあったようであるが、新旧の聖書で公認されているものは、すでにきわめて少数しかないのである。その他のものは、大旨偽書として退けられている。そうしてそれが退けられているということ自体、その影響についての、キリスト教側からの深甚な懸念のあらわれであろうと思われる。

残されたもののなかでの主なものは、旧約聖書中のダニエル書と、新約聖書中のヨハネの黙示録の二つである。そうしてこの二つともに、ユダヤ教系の『異象《まぼろし》』として、『大いなる獣』などが世の終末に際して登場して来たりすることにおいて共通し、またその後に『而して国《くに》と権《けん》と天下《あめがした》の国々の勢力《ちから》とはみな至高者《いとたかきもの》の聖徒たる民に帰《き》せん。至高者《いとたかきもの》の国は永遠の国なり。』

（ダニエル書）、あるいはヨハネ黙示録においては、『悪魔たりサタンたる古き蛇を捕へて、之《これ》を千年のあひだ繋《つな》ぎおき、底なき所に投げ入れ閉ぢ込めて、その上に封印し、千年の終るまでは諸国の民を惑《まどは》すことなからしむ。その後、暫時《しばし》のあひだ解放《ときはな》さるべし。』という、聖徒の支配する至福千年、あるいは千年王国説の根拠となるものにおいても共通をしている。

かくて、ここまでのことならば、いささかならず無理無態であろうとは思うものの、宗教のこととして私にも納得は出来るように思うのである。これは、いわば至福千年、あるいは千年王国の予約であり、その間、『幸福《さいはひ》なるかな、聖なるかな、第一の復活《よみがへり》に干《あづか》る人。この人々に対して第二の死は権威《けんゐ》を有たず、彼らは神とキリストとの祭司となり、キリストと共に千年のあひだ王たるべし。』というところ、これもまたユダヤ民族という、特殊に『選ばれし民』と称することの出来た人々のこととして納得出来ないこともないと思う。

けれどもその後に、

《千年終りて後サタンは其の檻《をり》より解放《ときはな》たれ、出でて地の四方の国の民、ゴグとマゴグとを惑《まどは》し戦闘《たゝかひ》のために之《これ》を集めん、その数は海の砂のごとし。かくて彼らは地の全面に上《あが》りて、聖徒たちの陣営《ちんえい》と愛せられたる都《みやこ》とを囲《かこ》みしが、天より火くだりて彼等を焼き尽し、彼らを惑《まどは》したる悪魔は、火と硫黄《いわう》との池に投げ入れられたり。ここは獣《けもの》も偽預言者《にせよげんしゃ》もまた居《を》る所にして、彼らは世々《よよ》限りなく昼も夜も苦しめらるべし。》という惨禍がもう一度あって、『生命《いのち》の書《ふみ》』によって神の最後の審判が行われ、かくての後に、やっと、『新しき天と新しき地』が出現するのである。

《『視《み》よ、神の幕屋《まくや》、人と偕《とも》にあり、神、人と偕に住み、人、神の民となり、神みづから人と偕に在《いま》して、かれらの目の涙をことごとく拭《ぬぐ》ひ去り給はん。今よりのち死もなく、悲歎《かなしみ》も号叫《さけび》も苦痛《くるしみ》もなかるべし。前《さき》のもの既に過ぎ去りたればなり。』かくて御座《みくら》に坐し給ふもの言ひたまふ『視《み》よ、われ一切《すべて》のものを新にするなり。』また言ひたまふ『書き記せ、これらの言《ことば》は信ずべきなり、真《まこと》なり』……》

神の幕屋《まくや》、すなわちテントという考え方は、他の、たとえばイザヤ書などにも、『エルサレムはうつさるゝことなき幕屋にして』という表現があって、預言者たちが共通してもった一つのイメージのようである。

けれども、それにしても、と私が思うのは、これらの預言者たちの、神の言《ことば》を預っての言、文章が、実に異様な、否も応もない迫力にみち、あるいは呪力にみちていること、そのことについてである。否定や肯定の合の手を入れるどころか、抗議などはまったく受け付けない。文章としても実に異様なものである。自らを疑うことをしない精神には、付き合い様がないとはこういう文章のことを言うのであろう。

そうしてこの後に、御使《みつかい》が高い山へ連れて行き、新しき都としての、『聖なる都エルサレムの、神の栄光をもて神の許《もと》を出でて天より降るを見せたり。』ということになるのである。

この聖なる都エルサレムなるものが、これがまた言語に絶する。

《その都の光輝《かがやき》はいと貴《たふと》き玉《たま》のごとく、透徹《すきとほ》る碧玉《へきぎよく》のごとし。此処《ここ》に大《おほい》なる高き石垣ありて十二の門あり、門の側《かたは》らに一人《ひとり》づつ十二の御使《みつかひ》あり、門の上に一つづつイスラエルの子孫の十二の族《やから》の名を記せり。》

はじめはただの『大なる高き石垣』にすぎなかったものが、具体的表示になると、次のようなことになる。

《石垣は碧玉《へきぎよく》にて築き、都《みやこ》は清らかなる玻璃《はり》のごとき純金《じゆんきん》にて造れり。都の石垣の基《もとゐ》はさまざまの宝石《はうせき》にて飾れり。第一の基は碧玉、第二は瑠璃《るり》、第三は玉髄《ぎよくずゐ》、第四は緑玉《りよくぎよく》、第五は赤《あか》縞瑪瑙《じまめなう》、第六は赤瑪瑙《めなう》、第七は貴橄欖石《きかんらんせき》、第八は緑柱石《りよくちゆうせき》、第九は黄玉石《くわうぎよくせき》、第十は緑玉髄《りよくぎよくずゐ》、第十一は青玉《せいぎよく》、第十二は紫水晶《むらさきすゐしやう》なり。十二の門は十二の真珠なり、おのおのの門は一つの真珠より成り、都の大路《おほぢ》は透徹《すきとほ》る玻璃《はり》のごとき純金なり。われ都の内にて宮を見ざりき、主なる全能の神および羔羊《こひつじ》はその宮なり。都は日月《じつげつ》の照すを要せず、神の栄光これを照し、羔羊はその燈火《あかり》なり。諸国の民は都の光のなかを歩み、地の王たちは己《おの》が光栄を此処《ここ》にたづさへきたる。都の門は終日《ひねもす》閉ぢず（此処に夜あることなし）人々は諸国の民の光栄と尊貴《たふとき》とを此処にたづさへ来らん。凡て穢《けが》れたる者また憎むべき事と虚偽《いつはり》とを行ふ者は、此処に入らず、羔羊の生命《いのち》の書に記されたる者のみ此処に入るなり。》

宗教的幻想というものが、如何に途方もない幻像を生むかなどと言ってみてもはじまらない。そうして、

《彼また我に言ふ『これらの言《ことば》は信ずべきなり、真《まこと》なり、預言者たちの霊魂《たましひ》の神たる主は、速かに起るべき事をその僕《しもべ》どもに示さんとて、御使《みつかひ》を遣し給へるなり。視《み》よ、われ速かに到らん、この書《ふみ》の預言の言《ことば》を守る者は幸福《さいはひ》なり。』

これらの事を聞き、かつ見し者は我ヨハネなり。》

と、この黙示の書にヨハネは自ら署名をして、次のように結ぶのである。

《御霊《みたま》も新婦《はなよめ》もいふ『来りたまへ』聞く者も言へ『きたり給へ』と、渇く者はきたれ、望む者は価《あたひ》なくして生命《いのち》の水を受けよ。》

ここにいわれている『新婦《はなよめ》』とは、天から下った新たなるエルサレムのことであるが、この結びに付け加えて、周到にも次のような付帯条件までがついているのである。

《われ凡《すべ》てこの書《ふみ》の預言の言《ことば》を聞く者に證《あかし》す。もし之《これ》に加ふる者あらば、神はこの書《ふみ》に記されたる苦難《くるしみ》を彼に加へ給はん。若《も》しこの預言の書《ふみ》の言《ことば》を省《はぶ》く者あらば、神はこの書《ふみ》に記されたる生命《いのち》の樹《き》、また聖なる都より彼の受くべき分を省き給はん。

これらの事を證《あかし》する者いひ給ふ『然《しか》り、われ速かに到らん』アァメン、主イエスよ、来りたまへ。

願はくは主イエスの恩恵《めぐみ》なんぢら凡ての者と偕《とも》に在らんことを。》

デマゴーグというふうにこれを見るとすれば、おそらく人類最大のデマゴーグであり、従ってデマゴーグではなくして、預言者であるということになるものであろう。

私は少年の頃に洗礼を受けようかと考えたことがあり、そのときにこの黙示録なるものを読んで驚愕したことがあった。それは理性的ヨーロッパという、いわば一つの規範を、少年であった私のなかで根本的に覆してしまったからである。理性的ヨーロッパ、たとえばバッハはもとより、モーツアルトにしてもベートーヴェンにしても、如何にデモーニッシュなものを内に秘めているにしても、数学的秩序には従っているではないかという……。

それ以後は、こういうあらゆる意味においてもっとも恐るべく、また強烈かつ狂熱的な預言が、人々に如何に受け取られて来たものであったかについて、興味をもちつづけて来たものであった。

　そうしてこれもまた長年にわたって、様々な史書や研究書を読み散らかして来て知り得たことの一つは、こういう預言者――それは一人や二人ではない――を数多く持ったユダヤ民族が、ローマ帝国の圧政に苦しみつつ、従って解放者としての救世主《メシア》を熱烈に待ち望みつつ、しかもついに紀元後の七〇年にエルサレムを征服され、聖堂を破壊されると殆ど同時、ということは血腥い弾圧と、民族の政治的実体の喪失と同時に、彼らからこの救世主待望による終末論的な世界帝国への夢が次第に退潮して行き、地上の単なる民族国家建設が問題になって行くのである。

　なお黙示録は紀元九三年頃に成立したもののようである。

　その変質の経過について詳しく書く任に私はないが、その後の何世紀かにわたって、何度か救世主を自称する人物が撒沙のように分散した民族を結集して立ち上ろうとはしたけれども、預言者に見られた終末論的『聖徒の国』といった声は聞えなくなって行くのである。特にヨーロッパに散ったユダヤ人たちが、大規模な武装蜂起をひき起したことなどは皆無である。民族国家の建設というきわめて現実論的な目的がそれに代り、現在のイスラエル国は既存のアラブ世界の渦中に割り込んで、いまもその実現過程の最中にあるといえるであろうし、未来のことは誰にもわかりはしないであろう、預言者以外には。
そうして、さらにもう一つ不思議なのは、このきわめてユダヤ民族的色の濃い終末論的な世界帝国の夢、『ダニエルの夢』の伝統にある預言の数々に示唆され、これを受け継いで実現をしようとする者が、すでにユダヤ民族ではなくして、ヨーロッパのキリスト教徒となったという事実である。また新約聖書における、たとえばマタイ伝に見られるような預言者ダニエルの言を引用し、あるいはそれにきわめて近い言を、キリスト自身が発していることは、キリスト教とユダヤの終末論との合成を強く促したものと思われるのである。
《『……人の子は父の栄光をもて、御使《みつかひ》たちと共に来らん。その時おのおの行為《おこなひ》に随ひて報ゆべし。まことに汝らに告ぐ、ここに立つ者のうちに、人の子のその国をもて来るを見るまでは、死を味《あぢは》はぬ者どももあり。』》
というところなどは、黙示録的な終末論にきわめて親近していた初期キリスト教徒のみならず、後世のそれに対しても大きな影響を与え、特に歴史を二つに、すなわち『父の栄光』をもって『御使《みつかひ》たちと共に』来る救世主《メシア》を境として二つに、前の世と後の世に分割する傾きを生み出している。第二のそれは『最後の日々』あるいは『来るべき世』と呼ばれていて、それは必ずしも世の大激変、大洪水などを伴うものではなくなって行くのである。というよりは、逆に、キリストはすぐにも力と栄光に満ちて還って来て、この地上に救世主の王国を築くという信仰に成長して行く。そうしてその王国は、千年とは限らず、無限に続くであろうと信じられた。

そうして初期キリスト教徒の受けた迫害が、この信仰共同、あるいは幻想共同を、ますます強いものにして行ったこともまた事実であった。『新婦《はなよめ》』の如き新たなるエルサレムが天下るという幻想もまた、その後の世紀を通じて何度でも人々に訪れているのである。

これらの事態の進行と同時に、救世主《メシア》の出現を妨げようとする、あるいは出現した救世主である筈のものを迫害しようとする、反キリストに関しての幻想もまた強化され、そこに反キリストのみならず、異教徒に対してもの血腥い復讐と勝利という、戦闘想定も早くからまた生じて来ていた。

しかし、教会という組織が次第に整備強化され、それが一体制として、公式宗教、あるいは普遍宗教としてその優越性を公認されるとなると、かかる終末論的な、強烈にして狂熱的な幻想共同、救世主待望論は、組織体制にとって負担過剰のものとなって行くことは理の当然である。そのようなものを、教会の枠を越えて予想されては困るのである。『王国』は、時空のなかに実現されるものではなく、信仰者の魂のなかに実現されるものでなくてはならない。集団的な——従って暴力的要素を必ず内包する——、千年王国待望の終末論は、各個人の魂のなかに封じ込められねばならない。

こういう動向は、すでに三世紀頃から教会のなかに生じていたもののようであるけれども、五世紀の初期に出現した聖アウグスティヌスの『神の国』は、体制としての教会にとっては、実に教会の救い主のようなものとして受け取られた。アウグスティヌスは、黙示録は霊的な比喩であり、至福千年、あるいは千年王国にいたっては、すでにキリスト教の誕生と同時に開始されており、教会のなかにおいてすでに完全に実現されている、としたのである。かくてこの考え方が公式教義となり、その後の公会議において、千年王国説は迷信的錯誤であるとさえ断罪されたのであった。かくて千年王国説関係の文書は、徹底的に掃滅させられた。

けれども、一度び人々の心に植えつけられた強烈な幻想が消えることはありえない。それは昏黒な地下の、教会側から見ての俗信のなかに生き残るのである。黙示録に見られた『選ばれし民』という概念は、キリスト教徒自体を目するものとされ、度々の禁圧にもかかわらず、貧しく、如何なる特権も持たず、圧迫され、あるいは街頭にあってあてどもなく、特にいささか精神の平衡を欠いた人々に、大きく示唆するものを持ちつづけたのである。

また実際のところ、教会において千年王国は実現されているとしても、またそれは理論的解決としては賢明なものであったかもしれないが、王あるいは領主とその教会自体に搾取されていた人々にとっては、納得の行くものではなかったであろう。そこから、後には、ローマ法王自体が反キリストであるとする、極論の出現を可能とする素地が生じる。

かくて教会側の正統とされた教義の外に、あるいは下に、民間信仰、民間伝承としての千年王国の夢、またその実現のために期待された劇は、綿々として生きつづける。しかも中世の民衆にとっては、『最後の日々』の、巨大、かつ途方もない劇は、ある種の遠い、無限の未来に置かれた幻想などではなく、疑うべくもない、いつ何時でも実現さるべき預言、あるいはこの場合にはすでに予言であった。

人々にあっては、救世主《メシア》への待望と同時に、反キリストを待ち構える気持もまた強くなって行く。民衆が曝《さら》されていた無法状態、いつまでもやまぬ群盗の横行や掠奪、拷問や大量殺人などは、反キリストの君臨そのものであるかもしれず、これに対する戦闘と勝利は、キリストの再臨と『聖徒の王国』への期待を一層強めるものとなる。

されば人々には、つねにある種の『予兆』を見定めようという念が昂じて来る。しかもその予兆に事欠きはしなかった。悪しき支配者、抗争、戦争、旱魃、飢饉、疫病をはじめとして、夜空にあらわれた彗星もそれにあたり、著名な人士の突然の死没もまた。さらには世の中一般に漂う漠然たる罪悪感もまた、それに資するものであった。これに加えて、反キリストの大軍団である異民族、すなわち異教徒たるフン族、マジャール族、蒙古族、サラセン族あるいはトルコ族などの大侵入が企てられる。すなわちヨハネの預言した『ゴグとマゴグ』である。

悪しき支配者もまた反キリストと目され、彼が死んでも状況に変化がなければ、その死は前駆表象の一つと見做され、待望は一層に強く深くなる。法王の意のままにならぬ支配者にも反キリストの名が投げつけられ、その名はまたいつか法王自体に投げ返されるであろう。

こういう予兆と前兆が何度も繰りかえされても、この革命的終末論が現実に作動をして強力な社会的神話としての力を発揮するためには、一定の社会的条件が必要なもののようである。

その社会的条件なるものが、十一世紀の末以降、中世の全体を通じて西欧各地において充足されて来たもののようである。しかし西欧各地とはいうものの、その全体において全体的に発生したものではなく、ライン川地方では特段に強く、十六世紀までそれは持続し、現在のベルギー及び北フランスにあたる地方では、十一世紀から十四世紀まで、中南部ドイツにおいては、十三世紀から、それが直接に宗教改革に引き継がれるまで、革命的終末論は人々の心を激しく動揺させつづけたもののようである。また一つの大きな飛び火としてはロンドン、また小さな飛び火としてのボヘミヤ地方の名もあげておかなければならない。このうちの後者は、後世にいたって〝ボヘミアン〟という、一種独特の意味内容をもたされた人々のグループの名の、その根源となるものでもあった。

　ライン川地方、ベルギー、北フランス、中南部ドイツ——それらの地方に早く、一つの、中世としてはきわめて急速な社会的変化のみならず、社会的な膨張もがもたらされていた。言うまでもなく、それは商業と工業の発展とそれに伴う人口増加であり、それは千年単位の農業社会とは根本的に違うものであった。

　かつて荘園領地に定着していた農民たちには、たとえ貧しく、また何の特権もなかったにしても、革命的終末論を受け入れなければならぬような理由はなかった。また農奴身分の者の逃散や、小さな叛乱があったとしても、千年王国の夢を追うことなどもありえなかった。ヨーロッパの農民の常套語である『深鍋と火とパン』があり、荘園の仕切りのない共同耕地と、何世代にもわたって継がれて来た一片の借地があれば足りたのである。彼らにとって地平線の彼方は外の世界であり、その境界を越え、トーマス・ミュンツァーに率いられてドイツ農民戦争に立ち上るのは、まだ先のことであった。

　しかし十一世紀以降、徐々に変化が訪れて来ていた。先ず人口の増加である。ドイツの農民たちは、スラブ人の住む東方へ移民をしはじめ、低地諸国や北フランスでも、沼沢地や海の干拓に着手し、森の伐採をしなければならなかった。都市には紡織業が発達し、農業地帯での余剰人口が集中しはじめた。沿岸と河川を利用する広域貿易も開始され、それ以前の世紀には見られなかった、裕福な階級が成立した。

十九世紀以降の工業とは事変り、この当時の、せいぜいで三人か四人の徒弟たちによる家内工業では、そうそう多くの人々を収容し切れたものではなかった。大陸的な経済変動に対しての抵抗力は、ほとんど零であった。あらゆる市《いち》の立つところには乞食が氾濫し、戦争のない時期の失業兵士たちは群盗団を形成し、特に全フランスがその跳梁《ちょうりょう》に苦しまねばならなかった。これらに加えて、中世期にあっては、元来路上にあること自体がたつきそのものである、個人営業の様々な商人や職人などがいた。これはもうその職種も人数も無数としか言い様がなかった。彼等は如何なる親方や、ギルドの保護をも受けることがなかった。

時代の力学というものは怖るべきものである。その渦中にあっては、ほとんどの人々がその力学の向う方向に対して盲目であらねばならず、宗教的理念が精神活動の大部分を占めている時代にあっては、如何なるものであれ、一つの方向を示し得る人は、たとえ聖者ではなくても、亜聖者的な存在となり、救済者と目されるにいたる。そうしてこの場合に、奇蹟を行う人は聖職者ではなく、ただの平民、あるいは教会から脱落した托鉢僧や、これも教会とは切れた隠者、行者であり得る可能性が増して行くのである。普遍教会の教学から見て、こういう『選ばれし人』たちの異教性は明白である。

かくて、あてどもなく、今日のことばで言っての疎外されたる人々に、何であれ、一つの方向を与える『選ばれし人』の必要性はますます高まり、その使命は、社会の全体的変革という革命的終末論に合流して行くのである。遠い過去から、地下思想として伝承されて来た初期キリスト教徒たちの、教会にとってはほとんど忘れ去られた筈の終末論的世界幻像が、一つの社会神話としてそれを必要とした人々に与えられることになる。

苦しみは贖《あがな》われるであろう、神にふさわしからぬものを打ち懲らせ、されば最後の『聖徒の王国』は到来するであろう……。

II

十一世紀に入って、叛乱は主として教会領となっていた都市で起った。ライン地方のケルン、北仏のカムブレイ、ユトレヒト、ブラバント、そうしてライン地方と低地諸国、北フランスでは何度も繰り返されさえした。教会の課する重税が理由の主たるものであり、もう一つには、教会側の経済問題についての無知識、無理解に由来していた。交易については高利貸のことしか念頭になく、商人については危険な社会変革者としか見なかったのである。これらの叛乱は、主として都市の商人によって組織された。司教や大司教さえが殺された。彼らは殉教者であるとされた。

マイン川の流れに沿った南部ドイツの、たとえばモーツアルトの音楽をそのまま都市化したような美しい町である、ヴュルツブルグの橋上に立った人は、一方の丘の上に聳え立つ宏壮壮大な宮殿を見上げて、これが司教の館であるかと、われとわが眼を疑うであろう。

しかも司教たちは、独身を守ることや、聖職売買の禁などは、とうに犯して平然たるものであった。秘蹟は金によって汚水の如きものとなり、司教館は淫売宿の如きものとなったところさえあった。

かかる状態のなかにあって、民間から起ち上り、あるいは担ぎ上げられた指導者たちも、奇怪な教団組織をつくりあげたものである。ある者は僧衣などではなく、金銀の刺繍に飾られた長衣をまとい、帝王とキリストと神とを兼ねた存在として、処女マリアの像をもって来させてこれと婚礼の儀を行ったりもした。彼らの教団は、十二使徒にならって十二人の下部指導者と一人の女性、すなわちマリアをもっていた。教団員は武装をし、時には三千人を——中世の年代記のあげる数字はあまり信用出来ないが——越す部下をもち、すべては共同財産であるという見地から、フリー・セックスを認め、これを神に祝福されたものとするものまでがあらわれた。ユトレヒトとアントワープには、タンケルムなる異様な「聖徒」があらわれ、北仏ブルターニュの森には、〝星のユード〟と称される、時には自らを英知、知識、審判などと呼び分ける指導者までが出現した。彼らは恣《ほしいまま》に教会を、僧院を襲い、司教や僧院長を殺し、その財宝を奪った。なぜなら彼らは反キリストであるから。戦闘の勝利は、つねに一大饗宴によって祝われた。《乳と蜜の流れる》「約束の土地」に饗宴なくして他に何がありうるか。

ほとんど溶解状態とも言うべき騒然たる社会のなかで、これらの山賊群盗と区別のつかない「教団」のもっともさかえた時期は、また、西欧の歴史でも稀な寒冷と飢饉つづきの頃でもあった。そうしてブルターニュ地方は、二百年にわたってヴァイキングの襲撃にさらされていた。

これらの指導者の一人が捕えられて処刑をされるについて、刑の執行者を脅迫して、

『地よ、割れよ！』

と宣告をした。

『錯誤が人の心をとらえるとき、その力はかくも強し。』

と年代記作者が記している。

かかる群盗教団の存在と、それがもたらしていた教会側の精神状態とは、第一回十字軍にと

もなっていた、不正規（Sauvage）と称された大人数の一団を見るについて、欠くべからざるものである。ソヴァージュとは、文字通りには、未開、野蛮、野育ちなどの意であり、諸侯の騎士たちによる正規軍とはまったく異った存在であった。

西暦一〇九五年、クレルモン公会議の最終日十一月二十七日、法王ウルバヌス二世が、その後の歴史において第一回十字軍と呼ばれる東征を、集っていた枢機卿《すうきけい》、大司教、司教たちのみならず、多くの諸侯や騎士たちに訴えた。ここに断っておかなければならないのは、この十字軍という呼称が、ずっと後世になってからの呼び名であり、その当時は単に「キリストの兵士」あるいは「十字の印をつけた者」としか呼ばれていず、「エルサレム旅行」とか「聖墓詣で」、「十字架の巡礼」とも呼ばれていたことである。この行に参加する者が、胸に、あるいは背に、またはその双方に十字を描いた布をつけていたことから、後世になってから十字軍という呼称が生じたのである。

しかし、この法王の呼びかけは、法王の期待をはるかに上まわる、莫大かつ革命的な大反応を起した。それはキリスト教世界の、根柢からの、真に驚くべき巨大なエネルギーを引き出す結果を来たしたのである。

法王としては、それほどの結果を呼び出すつもりはなかったと言えば、誤りを犯すことになるかもしれないが、たとえば法王自体、その呼びかけにおいてエルサレムの解放や聖墳墓教会の再建などのことは、一言も言っていないのである。エルサレムという言葉すらなかった。

ウルバヌス二世に先立つ法王のグレゴリウス七世は、セルジュク・トルコ族の侵入によって苦境におち入っていたビザンティウム、すなわち東方教会を救うために、自ら兵を率いて行く計画をもっていたが、その死によって実現しなかった。それを受け継いだウルバヌスの狙いは、第一にビザンティウムの補強をはかり、不信者を小アジアから追い出し、その結果として東方教会がローマの懐に戻れば、それはローマの優越をより一層確実なものとし、キリスト教世界の統一に資すること、第二には、無用な好戦性を発揮して社会の溶解状態に拍車をかける貴族たち、彼らの出身地であるフランスにおいて特に顕著であった状態に歯止めをかけ、彼らの軍事的エネルギーに別の捌け口を与えることによって、荒廃した土地と領民にしばしの休息を与えることであった。

ウルバヌスが予め予想していたことであったかもしれないが、時期がまた、まことに適切であった。このクレルモン公会議の主要議題は、戦乱につぐ戦乱を収束するために、中世教会のもっていた『一時的私闘停止』に関する権限を公平に作動させようとしたものであり、従って主要な聖職者の他に、多数の諸侯や騎士たちが参加していたからである。

法王はこれらの遠征に参加する者に、報酬として二つのものを提出した。一つは、信仰に関して、敬虔なる騎士は、これまでに彼が犯した罪について罰を一時的に赦免さるべきこと、遠征の途上、あるいは戦いに死せる者は、あらゆる罪を赦免されたる者なること、というものである。戦乱の世の中にあって、何等かの罪、及びその良心の呵責に苦しんでいないものが果していたものであろうか。ましてやあらゆる制度に優先した権威をもっていた、教会とその法王の宣告である。それは一つの精神的アリバイ、すなわち精神的遁辞《アリビ・モラール》を与えるものであった。

二つ目は、きわめて地上的あるいは物質的な報酬である。すなわち、人口の過剰は何も農民たちに限られたことではなく、戦乱によって土地を喪った貴族も少くはなく、また些少の土地をもっていたにしても、その領主の次男以下には、嗣ぐべき何物も残されてはいなかった。彼らもどこかへ行かねばならぬ運命にあったのである。貧乏騎士どころか、浮浪の騎士として路上にいなければならぬ者もいた。かかる状況のなかで、法王が南方、アジアの地において、新たなる領地を約束したとあれば、それが《乳と蜜の流れる》「約束の土地」を喚び起さぬ筈はなかった。

反響は、ほとんど狂熱的と呼ぶべきほどのものであった。何千かの声が、声を一つに揃えて、

"Deus lo volt !"デウス・ロ・ウォルト、《神、夫《そ》を欲し給ふ》と叫びつづけた。この声が、十三世紀にいたるまで、ほとんど二百年にわたって繰り返された、民族大移動とアジアとの戦乱の起点であった。と同時に、それは今日まで続く、中近東に対する西欧の攪拌作業の開始点でもあった。

ウルバヌス自身、フランスに数カ月とどまって各地でその訴えを繰り返し、各級聖職者もまた自分の教区へ帰って貴族たちに勧説をした。それは西欧全体にわたっての一大キャンペーンであり、一般民衆に対しては、民衆の間の小預言者（prophetae）たち——私はこのことばを小預言者と訳したいと思う、私には偽預言者と訳す資格に欠けるからである——、隠者や行者、前記の諸「教団」指導者たちもまた、聖職者たちに輪をかけたような、この場合にはすでに教唆扇動というべきほどの、熱狂的な訴えを繰り返した。但し法王は、如何なる意味でも民衆一般にまでアッピールをしたわけではなかったことを、ここでもう一度繰り返しておかなければならないであろう。またここでは諸侯の正規部隊のことについては、私は触れないことにすることも断っておきたい。

ところで、これらの民衆の小預言者たちのなかで、一際人目に立ったのは、ピエールとのみ称されるフランスの一人の隠者であった。彼はアミアンの近くに生れ、はじめは厳しい苦行に耐える修道士であったが、やがて修道院を離れ、民衆のなかでの隠者あるいは行者になったものであった。肉も葡萄酒も口にせず、つねに裸足であったといわれる。

伝えられるところによると、このピエールなる者は、灰色の長い髭を生やした、小さな痩せ男であったが、雄弁であることは言うまでもなく、カリスマにみちてその言動には神性が溢れていたという。人々は彼のまわりに殺到し、彼の乗っていた驢馬の毛を引き抜いて、聖遺物として記念にしようとさえしたというのである。また人々は、彼が法王の宣告以前にエルサレムの聖墳墓教会を訪れてい、そこでキリストが彼の前に現前してエルサレムを恢復せよ、と彼に委託をし、その旨を記した聖簡を与えた、と言い触らしていた、ピエール自身がそういうことを言い出したのであったにしても、なかったにしても。

とにもかくにも、宣伝者、あるいはデマゴーグとしてのピエールの成功は、真に刮目すべきものであった。彼が北フランスの町や村を通過する毎に、巡礼希望者たちは次第に膨れ上り、人々は大いそぎで財産を処理して武器と旅行用具を買い入れた。すでにして財産を処分し、糊口の道を断《た》った者と化した人々に残されているのは、動き出すことだけである。

彼等をどう呼ぶのが適当であろうか。流民大衆と言ったら、彼等に対して礼を失するであろうか。

一〇九六年の三月、ということは、諸侯の正規部隊がその準備を完了する四カ月前に、ピエールを頭とする一団はフランスを出てドイツに入った。またこの間に、北フランス、低地諸国、ライン沿岸地方ではそれぞれの小預言者のもとに、別の流民の大群が形成されつつあった。

法王の呼びかけに応じた諸侯や諸領主たちは、彼の麾下の騎士たちとその家臣の遠征目的のために、何が必要であり、何が不必要であるかを、冷静かつ現実的に勘考して、ゆっくりその準備を進めていた。

しかし、小預言者たちによって、あたかも魅せられたかのようにして集合して来た流民たちは、軍事的素質はもとより持たず、彼らが共有するものは、その性急さと激越な感情だけである。されば準備と称されるもののためにぐずぐずしているべき理由はなく、事を急ぐことのみが大切であった。彼らのすべては貧しく、人口過剰かつ社会的に不安定な地域から来ていた。更に、一〇八五年から一〇九五年の間の十年間は、洪水と旱魃が間を置かずに交替し、従って飢饉と疫病が蔓延していた。これらの事態に対する民衆の通常の処し方といえば、第一に教会、または敬すべき隠者や行者、あるいはその他の聖性をそなえた人々のまわりに集って、慰めと救いを求めることであった。けれども、すでにして生存の困難、あるいはほとんど不可能の地にしがみついていなければならぬ理由がどこにあるか、少くともその理由の説得力が少しでも疑われたとしたら、脱出は堰を切って雪崩現象と化するであろう。

小預言者たちの呼びかけは、かかる時になされた。

男も女も、時には大家族の全員が、子供たちをも含んでその家財のすべてを荷車に乗せてやって来、その膨張過程で、修道院から逃亡をして来た旧修道士や、男装をした女、ありとあるやま師的なならず者、盗賊、強盗団などまでが入って来た。それはあたかも社会の下層全体が蛇行をして、ヨーロッパを南東に移動するかの観を呈した。

年代記作者たちは、この大群を pauperes あるいは plebs pauperum と呼んでいるが、これは先の prophetae の場合のように訳に苦しまねばならぬことはないと思われる。貧者の群れ、で充分であろう。

彼らの耳には、ビザンティウムのキリスト教徒を助けたいという法王の訴えなどはまったく聞えていず、そんなことに如何なる興味も関心もなかった。彼らはただひたすらに、激情をもってエルサレムに達し、これを反キリストから奪いかえしてわが物とすることをのみ、念じていたのである。しかもそのキリスト教世界にあって至聖至高のエルサレムは、すでに四世紀半の間、イスラム教徒の手中にあった。従ってこの巨大な巡礼行は、貧者たちの眼には、人数が多ければ多いほど、戦闘的かつ最も崇敬すべき巡礼行と映った。というのは、聖墳墓へ詣でることは、贖罪行為のなかでも特段のものであり、十一世紀当時にあっても、その経験者は多くなくても少くはなく、そこまでの道程に関しての情報もなくはなかったのである。なかには貧寒たるヨーロッパに見限りをつけて、彼地に定住するつもりで行った者もあった。彼地には誰々がいるはずと承知をしている人々も、この貧者の大群のなかにはいたのである。

されば「約束の地」を異教徒たちから取り戻し、それをキリスト教徒の地として、そこにおいての植民者たろうと志した人々があったとして何の不思議もない。

諸侯の正規部隊と、この貧者の群れの間には、方法、目的ともに甚大な差異があったけれども、一つだけ共通のものがあった。それは両者ともが衣服につけた十字の徽章である。そうして古典時代を除けば、これが軍隊の制服の嚆矢《こうし》となるものでもあった。しかし、同じ徽章とはいえ、前者にとってそれは、いささか長期にわたる、しかし期間の限られた長征のしるしであり、キリスト教の勝利を意味する、限られた目的を表象するものであった。しかし後者にとっては、『十字架を取りて、我に従え!』という、より深くかつ限定不可能な『キリストのまねび(imitatio christi)』そのものに他ならなかった。

エルサレム市そのものもまた、後者の想像のなかで限りなく誇大なものとなり、無辺に膨張して行ったとしても不思議はなく、このことに関して預言者たちの責任が問われるとすれば、ヨハネもダニエルも、イザヤも責《せめ》あるものでなければならないであろう。またアウグスティヌスが、あれは比喩にすぎないと言ったとしても、卑怯な遁辞としか受けとめられなかったであろう。ヨハネの黙示録もダニエル書もイザヤ書も、この頃にはすでに各地の俗語に移されて読み廻され、話題の頂点とさえなっていたのである。従ってそこに、二つのエルサレム、現にイスラム教徒に占領され、キリストの聖墳墓教会も破壊されているという、惨憺たる、パレスティナのただの一都市にすぎぬエルサレムと、『新婦《はなよめ》』の如く天から下る筈のエルサレムとの区別がなくなり、この二つが混同されるだけではなく、同一化し、『新婦《はなよめ》』のエルサレムが立ちまさったものとして民衆の想像に宿って、そこに何の不思議があるであろうか。

《ヱルサレムを愛するものよ皆《みな》かれとともに喜べ。かれの故《ゆゑ》をもてたのしめ、彼のために悲《かなし》めるものよ皆かれとともに喜びたのしめ。そはなんぢら乳《ち》をすふ如くヱルサレムの安慰《なぐさめ》をうけて飽《あく》ことを得ん。また乳《ち》をしぼるごとくその豊《ゆたか》なる栄《さかえ》をうけておのづから心《こゝろ》さわやかならん……》

預言者イザヤは、かく預言をし、自分が神の言葉を預っていることを証して、いまの引用につづけて、堂々と、

《ヱホバ如此《かく》いひたまふ、視《み》よ、われ河のごとく彼に平康《やすき》をあたへ、漲《みな》ぎる流《ながれ》のごとく彼にも

ろもろの国の栄《さかえ》をあたへん。而《しか》して汝等《なんぢら》これをすひ背《せ》におはれ膝《ひざ》におかれて楽しむべし。』

と、宣言をしているのである。

こうまで言われて『ヱルサレム』を愛さないものがどこにあろうか。

とりわけて、『彼にもろもろの国の栄をあたへん。』というくだりなどは、エルサレムへ行きさえすれば、そこに誰もが一生に一度は持ちたいものと、貧乏騎士から浮浪人までが願っていた一片の土地、植民地がありうるかもしれないとの想像を掻きたてたとしても、これも不思議ではない。

かくあったればこそ、朝早くから日の暮れるまで——何故なら早く到着することだけが目的なのだから——歩きつづけて、町や城塞が見えて来る毎に、特に一群中の子供たちが、

『あれがエルサレムか？』

と声を挙げたという挿話の悲しさは、限りもないものである。

III

しかし、不幸なことが、すでにして蛇行が開始されたその直後に、ヨーロッパの森と平原の

処々においてこの集団によって惹き起された。それは、予想されぬことではなかったのである。彼等の狂熱が、反キリストどもを討ち払い、しかる後に地上の天国を、という預言の前提に立つ限りにおいては。また彼等の集団が、社会の最悪の分子を少からず含んでいたという、その限りにおいても。

それはまずフランスの都市ルーアンで開始され、他の都市へ移って行った。ユダヤ人たちは改宗か、死か、と迫られたのである。そうして一〇九六年の五月のはじめには、ラインの沿岸へと及んで行った。

ここに詳説はしないが、ユダヤ人悪魔説、あるいはシナゴーグでユダヤ人たちが、猫と蟇《ひきがえる》の形をしたサタンを拝しているなどという考え方は、ユダヤ人＝高利貸という固定観念以前から、深く、頑固に人々の間に宿っていたのである。ユダヤ人とサラセン人は同じものであるという説までがあった。ユダヤ人たちは多くの場合、居住地区《ゲットオ》を制限され、土地所有や職人たることを禁止され、役人や兵士たることももちろん禁じられていた。また経済的に豊かなユダヤ人がたとえいたとしても、後日のドイツにおいて、たとえばハンザ同盟に入ることを禁じられているとすれば、他に何をなすべきか。ゲットオの外へ出ることは、常時危険であった。金貸しならば、客は外から訪れて来てくれるのであるから、自宅営業が出来る。また危機に際しては資産を帳簿上のものとして、流動状態においておくことが可能である。それにキリスト教徒が高利貸業を営むことは、正規には教会法によって禁止されていた。

ユダヤ人たちは、教会の司教や裕福かつ有力な市民に保護を求めた。たとえばライン沿岸のスパイエルの町では、司教がその宏壮な城館にユダヤ人たちを収容して暴徒から保護し、ならず者たちを処刑しさえした。しかしこれはほとんど例外であって、ヴォルムズの町では、司教はついに押し切られて、シナゴーグは荒されユダヤ人地区は掠奪にまかされた。洗礼を拒否するものはその場で殺された。司教館に収容されていたユダヤ人たちは、司教によって洗礼されるか、引き出されて殺されるかを選ばねばならなくなり、全住民が集団自殺を行った。この町で死滅したユダヤ人は八百人、と年代記作者が伝えている。またドイツで最大のユダヤ人人口をもっていた、マインツの町でも同じことが起った。ここでは司教の方が、自分の生命を守るために、町から逃げ出さなければならなかった。ローマ時代からの古い美しい町であるトリエルでは、大司教自ら殺してはならぬと説教をしたが、逆に大司教の方が教会を離れねばならなかった。五月から六月にかけて、モーゼル川に沿うメス、再びライン地方のケルン、東に移動してレーゲンスブルグ、そしてプラーハまでが襲われた。この二カ月間の犠牲者は四千人から八千人と言われている。これがヨーロッパ・ユダヤ人の大量虐殺の第一回目である。

その数は、ナチ・ドイツが殺した六百万人に比べて些少であるといわれるかもしれないが、中世当時としては恐るべき数であった。

ある年代記作者は、『これが伝統のはじまりであった』と記している。

恐るべき伝統である。

ナチ・ドイツは果してこの伝統の継承者として、最後の者でありうるかどうか。

一一四七年の第二回十字軍遠征に際しても、同じことが起り、このときは以上にあげた町のほかにストラスブールやヴュルツブルグまでが加わった。

ユダヤ人を殺すことは、罪の贖いになる。

『我等は東方における神の敵と戦うため、長征の途についた。而して、見よ、我等の眼前に、神の最悪の敵がいるではないか。先ず彼等を血祭りに挙げなければならぬ。彼等は、我等の神を殺した者の子孫である。神そのものが言われているではないか、《いつの日か我が子等来りて我が血の復讐をなさん》と。』

ユダヤ人たちを保護しようとした司教たちまでが敵と見做され、法王そのものが反キリストであり、黙示録に記されたバビロンとはローマそのものに他ならぬ、とするところまでやがて突き進むのである。

ライン沿岸地方において、言語に絶する暴虐行為を行って長征の血の洗礼としたドイツ人集団は、バルカン地方を南下中もその掠奪行為を続け、ついにハンガリー人部隊によってほとんど全滅させられ、エルサレムに到着した者は稀であった。

隠者ピエールに率いられたフランス及びライン地方からの一団は、諸侯の正規部隊にも先立って、非常に多くの道中死没者を出しながらも、数カ月後、すなわち一〇九六年の夏にコンスタンティノープルに到着している。

しかし、ビザンツ帝国の要請したものは、帝国防衛のための精鋭な傭兵であって、襤褸の、飢えた民衆集団ではなかった。彼等に、掠奪以外に如何なる補給手段がありうるか。人々は殺した〝敵〟の肉までを食った。彼等を統制する者は彼等以外にはありえない。

また、後に到着した正規軍といえども、各軍団毎に単独で行動をする封建徴集軍であり、単一の指揮系統をもたず、巡礼を兼ねた多くの非戦闘員をも抱えてい、ビザンツ帝国にとって彼等のための補給と監視は、ほとんど解決不可能な問題であった。なかには植民意志の明白な部隊もあり、トルコ人との衝突が限りもなく発生した。植民軍の次に来るものは開拓民でなければならず、それに続くものは守備隊用の戦闘集団であろう。しかし正規軍には、ともあれ法王の権威を背景として、ビザンツ帝国との間で、部分的あるいは地方的に問題を解決すべき外交手段があった。

一〇九六年の秋から冬にかけて、シリア、パレスティナ地方の荒野に、北方から異様な風態の浮浪者集団が、あちらに一かたまり、こちらに一かたまりと点々と散在して立ちあらわれ、トルコ・アラブ系住民の恐怖はその極に達した。

この頃の年代記には、Tafursという、神秘的とでも言うべきか、意味不明の語がしばしばあらわれる。

『……裸足で、顔じゅう毛むくじゃらで、袋用の粗麻布を身にまとい、からだじゅう傷や爛《ただれ》や汚物に蔽われ、木の根や草を食べ、時には敵の屍体を炙って食う。彼等の通過した地帯は、徹底的に蹂躙され、荒廃の極に達した。彼等は剣や槍を手にするにはあまりに貧しかったので、鉛で重味をつけた棍棒や、先の鋭利な杖、ナイフ、手斧、シャベル、鍬、石弓などを武器とし、敵と戦うについては歯をむき出しにし、あたかも生きている奴も死んだ奴も食ってやると言わぬばかりであった。……』

これがTafursであった。

イスラム教徒たちは、諸侯の軍隊とは勇敢に戦った。けれども、タフールの群れに対しては、恐れ戦いて逃亡した。イスラム教徒たちは、『あいつらはフランク族（西欧人一般）ではない、生きている悪魔だ』と称したという。キリスト教徒側の年代記作者たちの主要主題は、彼等の属する諸侯やその軍についての紀要をしるすにあったが、戦闘においてのこのタフールの群れの有効性を認め、しかもなお彼等の行動について深甚な懸念と困惑の念を表明している。またこの頃に、貧民の立場から書かれた地方語による叙事詩には、彼等こそを『聖なる民』とし、『騎士たちよりも価高き者』としているものがある。

タフールの群れには、一人の『王』がいたと伝えられている。彼はノルマン人の騎士であったが、馬を捨てて粗麻布の衣をまとい、武器としては大鎌を持ち、少くともはじめは貧しくあることに神秘的な意味を認め、群れのなかに金銭を持っている者があると、武器を買って正規部隊に入るようすすめたという。

正規部隊には、先に度々触れたように、エルサレムについては特別な関心はなかった。平和に巡礼が出来ればそれで足りたのである。

けれどもタフールの群れにとっては、この聖なる都市を取ることだけが目的であり、彼等はそれを自らの運命としていた。最も貧しき者、夫《そ》を取るべし……。

彼等はその貧しさを誇ってはいたが、それは彼等から貪欲の念々を排除するものではなかった。シリア、パレスティナの荒野を彷徨し、エルサレムが近づくにつれて、掠奪に掠奪を重ねて、ある者は絹の衣を三枚も四枚も重ね着をして馬に乗り、彼等の天幕には銀器や金の装飾品が溢れていたという。十字の徽章を除けば、イスラム教徒と区別がつかなかった。

『貧しき者に、勝利とその贈与を授け給う者は、誉《ほ》むべきかな!』

アンティオキアの土侯《エミール》がタフールの群れの人肉嗜食を正規軍に対して抗議をした際も、正規軍は詫びごとを言う以外には、為すすべもなかった。この群れが近づいて来たときには、正規軍も警戒の度を強めなければならなかった。

手段と目的はすでに逆転していた。手に触れるあらゆるものを掠奪し、強姦し、殺し尽すこと自体が目的となっていた。巡礼などという殊勝なことも、すでに忘れられていたであろう。エルサレムを取ることだけが目的である。

正規軍の一部が一〇九九年初夏に、海岸沿いにヤッファまで進み、六月六日ベツレヘムに入城し、翌日エルサレム前面に達したとき、すでにタフールの群れがそこに待ち構えていた。

北方は別として、三方を谷に囲まれたこの都は充分に要塞化されていた。包囲軍は、水も薪も欠乏し、武器も充分ではなかった。兵力も足らなかった。彼等はエジプトからの援軍と、ジェノア艦隊の輸送する攻城兵器の到着を待っていた。

かくて攻撃開始予定日の前に、諸侯の軍隊が潔めの断食を行い、エルサレム周辺とオリーヴ山で聖体行列が催されて、正規軍の攻撃に対する宗教的意味付与が行われているとき、タフールの王が諸侯に対して言い放った。

『諸侯よ、我等は何をしているのであるか？　諸侯はこの都市とその邪悪なる住民に対して、いつまで愚図愚図しているつもりか？　諸侯はあたかも偽りの巡礼の如きである。もし我等と貧しき者のみにお任せあれば、異教徒どもは我等において最悪の隣人を見出すであろう。』

と。

恐れをなした諸侯は、彼の軍勢に最初の攻撃を委嘱した。この攻撃によってタフールの王は傷を負って担ぎ出されて来たが、人々の畏敬の念は、単に偉大なる戦士に対するそれを越えて預言者の域に達していたという。

二日にわたる困難な突撃戦の結果、七月十五日、この都は占領された。

最初に入城した者は、タフールの群れであった。ありとあらゆるイスラム教徒が、男も女も子供もすべて虐殺された。〝ホロコースト〟である。市の首長とその護衛役だけが、高額の身代金をタフールの群れに払って市外に護送された。

ソロモンの神殿の内外では、『馬は膝まで、否、馬銜《はみ》まで血に漬って、泳ぐようにして歩いた。そは何たる正義の、しかも驚異すべき神の審判であったことか。神がかくも長きにわたって行われていた瀆神の血を、同じ場所において受け給うたのである。』

また別の無名の年代記作者は、さらに詳しく書いている。

『都に入城した巡礼たちは、ソロモン神殿内にまでサラセン人を追い詰め、皆殺しにした。そこではわが兵士たちは、足首まで血につかって進むほどの大虐殺が行われた。ついで十字軍兵士は町じゅうを走り廻り、金銀や馬、驢馬などを奪い、裕福な家々を荒らした。かくて、わが兵士たちは歓喜にみちた幸福に酔い、嬉し泣きに泣きながら、われらの救い主イエズス＝キリストの聖墓に詣で、キリストに約束した彼等の義務を果たしおえた。』

これが、その義務であったのか？

彼等は、

『おお新しき日よ、新しき日よ、何たる大歓喜ぞや、新しき、永遠の悦びよ。』

と歌いながら、キリストの聖墓に向って行進した。

『来るべきあらゆる世紀を通じて栄誉あるべきこの日、あらゆる苦難も受難もが喜びと大歓喜に転じたる日、この日こそキリスト教精神の堅信礼の行われたる日であり、異教を撲滅し、キリスト教信仰の更新が行われたる日である。』

シナゴーグに閉じ籠ったユダヤ人たちは、生きたまま焼き殺された。

モスクの屋根に逃げたイスラム教徒は、身代金を払い、かつ著名な兵士であったタンクレードから、安全通行証としての彼の旗までを貰っていたが、市壁を出るや否や、タフールの群れによってすべて首を刎ねられた。

彼等のこの大歓喜が、これが至福千年であり、千年王国の実現であったか？

これが『新婦《はなよめ》』の如きエルサレムであったか？

彼等のその後について、また第二回、第三回から、学者によっては第七回までを数える遠征については、汗牛充棟もただならぬ史書に譲りたい。あげくの果て、彼等はその植民地を確保しようとして、異教徒どころか蒙古軍とさえ協力をするであろう。

この作品を、私はある諦念をもって書いた。その内容を説明する場でもここはない。たとえば狂熱、あるいは狂信などという無限定なことばを使いたくもなかった。けれども、これらのことばを使わずしては、この作はやはり不可能であった。

私の中近東における経験は甚だもって貧しいものであるにすぎない。ベイルートからダマスカスへの山越えのバスに乗っていて、レバノン国の国旗にさえ描かれている、かの堂々として樹木の王者たる観のある、レバノン杉の森を見たいものと願っていたのであったが、峠までの道中でたったの一本しか見ることが出来なかった。
私、「一体どうしたのだ?」
相客、「五百年ほど前に、ヴェネツィア人たちがみな伐ってしまったのだ。」

参考文献
P. Alphandéry et A. Dupront : La Chretienté et l'idée de Croisade.
Norman Cohn : The Pursuit of the Millennium.
その他。

ある法王の生涯

――ボニファティウス八世

三十年ほど前に、ある日本の代議士がローマへ行った。

崩れかけて、しかも修復途中の凱旋門や浴場跡、石柱や石材の散乱する廃趾などを散々に見せられてホテルへ帰り、ようやく一息をついてから、案内をしてくれた若い同胞に、しみじみと、というふうに思い入れて言った、という。

——ローマは復興しとらんのう。

と。

それはそうでもあろう。ローマは二千年来、復興しとらんのである。

ローマ帝国時代のことはさて措き、たとえば十四世紀初頭、ローマ法王の権威がその最盛期に達し、霊界の王としてのローマ法王は、同時に全キリスト教世界の、俗界の皇帝そのものと看做されていた時期にも、市中は恐るべき荒廃状態に放置されていたのである。崩れて落ちた城壁や建物は道路を塞ぎ、倒れた柱廊やその礎石、彫像などは、ただ邪魔なばかりであった。帝国時代の水道及び下水設備は方々で途絶、あるいは埋没してしまい、悪臭は法王庁にまで届いていた。何等かの伝染病がつねに、あたかも執拗な皮膚病のように、この都市にはりついていた。大貴族たちも市中には住まず、郊外、あるいはローマ周辺の小都市に居を構えていた。どうしてもローマにいなければならぬ時には、私兵によって厳重に警護されていた。

しかもこの永遠なる都市には、ヴェネツィアやフィレンツェとの比較においては、僧侶を産出し、巡礼者を搾取する以外には、何の産業も商業もありはしなかった。すなわち、大貴族たちと貧しい一般民衆との間に立って、市政を担当すべき中産階級というものが、全的に欠けていた。殺人、強盗等はほとんど日常の事であり、テヴェレ川には屢々死体が浮いていた。金貨を積んだ驢馬のキャラヴァンは、法王の許へ真直ぐに行ってしまう。住むによい都市などではありえなかった。

現在でも、ローマは人をして疲労させる都市である。二千年の歴史が、あちらにもこちらにもごろごろと転っていたのでは、その歴史をある程度知悉しているものにとっては、眼を休める場所とてはないということになる。

私もまたローマにあって、疲れた足と眼の始末に困却していた。ヴァティカン宮殿も、その大聖堂も実に俗悪きわまりない建築物である。ヨーロッパの如何なる聖堂建築と比べても、それは俗悪そのものであり、全世界の善男善女が巡礼に来るものであってみれば、ある程度の俗悪さは必要でさえあろうけれども、度が過ぎていると言うべきであろう。

憮然として、ヴァティカン宮殿内を歩いていて、しかし、一人の法王の胸像にうちあたって私は歩を止めさせられた。その法王は、東洋風な重い宝冠を、あたかも日常の衣裳帽子の一つ、というふうにかぶり、左手に巨大な鍵を握り、右手は巡礼に祝福を与えるかに胸に添えている。そうして深く窪んだその眼は、彫像であるがゆえに、瞳を持たない。白眼のままである。従ってその眼に視線というものがない。当方が果して見られているのか、いないのか、不気味さは限りもなく、長い鼻筋の両脇に頬骨が張り出して、意志の強靭さをあくまで強調していた。体軀もまた、帝国時代の帝王としてもさもあろうと思われるほどに、均整がとれていて堂々たる偉丈夫である。頭上の、長大な法王宝冠がなければ、皇帝像あるいは武人像としても充分に通ったであろう。

けれども、その偉丈夫の彫像は、眺めれば眺めるほどに、その彫像としての美にうたれるというものではなく、やがて、傲慢無礼、という語を喚び出すていのものであり、しかもその彫像の彼にとって、傲慢無礼などという語が何の意味ももたなかったであろうことを、つくづくと悟らせられるほどのものであった。

胸像はボニファティウス八世その人であり、作者は、アルノルフォ・ディ・ラポなる人であった。十三世紀末の一二九四年から、十四世紀初頭の一三〇三年までの、実質八年間、法王の座にあった人である。そうして、この同じ法王の彫像をもう一つ、私はフィレンツェでも見ていた。この方の作者は、アルノルフォ・ディ・カンビオとしてあり、前記のディ・ラポと同一人であるかどうかについては、不敏にして私は無知である。

ヴァティカン宮殿内のボニファティウス八世像と、長い時間にわたって対面をしていて、ふと私は、かつてローマのどこかで、もう一度この法王に出会ったことがあったことを思い出した。けれどもその時は、それがどこでであったかを想起出来なかったのであるが、それは彫像ではなく、ジオットオの手になるフレスコ画であった。それはラテラノ宮殿の聖ヨハネ教会内に実在する。

このフレスコ画は、同じく巨大な宝冠を頭にしていはするものの、しかし、傲慢無礼などというものではまったくなく、一種の内省と、またある種の憂愁の感をさえ、その顔貌と体軀からにじませていて、長く見詰めていても飽きることのない、好ましいばかりの、深い印象を与えるものであった。

同一人物のそれとしては、この彫像とフレスコ画とは、不思議な、解し難いほどの対照を見せていた。

ジオットオのこのフレスコ画では、ボニファティウス八世は、十四世紀の到来、すなわちキリスト紀元一三〇〇年を祝う、大祝祭《ジウビレオ》をとり行う旨の布告を発している場面が描かれていた。穹窿型の柱廊を背にし、左に禿頭の役僧が一人、右に羊皮紙の布告を手にした少年僧が立っている。羊皮紙には、BONIFATIUSという大きな文字が読まれ、その下部には暗号の如き頭文字と、判読不能なラテン語の字句があった。この当時の法王としては、二体もの彫像と、画像までをもつことは、実は珍しい例なのである。

ではどうしてこの法王だけが、計三体もの自像を刻ませ、また描かせたものか？

この法王に、特別な、芸術を鑑賞しうる能力でもが備っていたのか？

それとも、学芸の保護者としての広い翼をでも、早くもっていたものであろうか？

別に意気込んで調べてみるという気持が、私にあったわけではない。

がしかし、とりわけて調べようというのでなくても、十三世紀末から十四世紀初頭にかけての諸年代記や、法王庁にいた外国使臣の報告などの記録を眺めていると、出て来るわ出て来るわ、その法王選出の経緯から、法王としての在り方、その末路にいたるまで、それまでの一九三代にわたるどの法王よりも、その全貌を辿ることが出来るのであった。

殊にダンテの『神曲』には、その三部、地獄篇、煉獄篇、天国篇のいずれにも登場しているのであり、多数の聖者や罪人たちのなかでも、全篇に登場する法王は他にいなかった。しかもダンテは、この法王に対して、憎しみの情をあらわにして記しているのであった。ダンテの筆は、時にはこの法王を、魔王《ルシフェル》などよりもっと濃く不吉な影をもつものとして描き出していた。

ダンテはしかし、この法王とのかかわりにおいて特別かつ例外的な人であった。詩人がフィレンツェから追放されるについて、ボニファティウス八世が直接にその責めを負うものであったからである。

ダンテのみならず、ローマの皇帝的法王としての壮大荘厳を、極限にまでもたらそうとした最後の一人であるこの法王は、ルネサンスの曙光のなかで仕事をしていた、多くの芸術家や詩人たちを、彼の宮廷へ引き入れていた。彼等がこの法王の生き身の姿を、後世に、伝えてくれたのである。またヨーロッパの、ということは全キリスト教国の、ほとんどすべての国王たちとの交渉、あるいは抗争に身を乗り出したこの法王は、さればヨーロッパのすべての人々から驚異の眼差しをもって見詰められていたものであり、従ってイギリス、アイルランド、フランス、ドイツ、スペインなどの年代記作者たちも、その挙動を詳しく記しているものであった。特にイタリアにあっては、この法王の時世に歴史記述の芽が再生していた。散文によって歴史をしるすことが、フィレンツェで再興させられていた。また、詩人や歴史家だけではなく、法王自身が法律学にかなりに深い造詣をもっていたために、各地の法律学者たちもまた多くを記していた。彼の発した多くの教書は、法として扱われることが多く、そのためもあって、法学者たちの注目を浴びていたのである。

しかもこの法律好みのせいがあって、たとえばフランス王は、この法王の死後にいたっても、確実に証拠立てることの出来る悪行非道だけではなく、単に噂として伝えられただけの乱行をも徹底的にあばきたてて、類い稀な人間堕落の典型にまで仕立てあげていた。この法王はキリストの代理者などではなく、異端だ、ときめつけようとしていた。

ローマ人は、もともと無類の彫刻好きな人々であった。けれども、ルネサンス期が来るまでは、法王の彫像というものは、ほとんどなかったのである。

されればまた、『個人崇拝に人々を導くために、この法王は多くの教会に、美男子偉丈夫としての自らの彫像を置かしめた』、などと年代記作者に書かれることにもなったのである。

画家ジオットオが、何等の器具をも用いずに、完璧な円周を描いてみせたとき、それを才能として認めるだけの鑑賞力をも、この法王はもっていたのである。

さてしかし、俗名をベネディクト・ガエタニと言った、ローマの南東六四キロのところにある、アナーニ Anagni 生れの枢機卿兼法王庁法律顧問が、如何にしてローマ皇帝的法王ボニファティウス八世にまで登り詰めて行ったかを語るには、少くとも一二九四年六月の、前法王ケレスティヌス五世の、法王選出会議にまで溯らねばならない。

I

後世は知らず、法王選出のための枢機卿会議というものが円滑に取り運ばれた例は、まずなかった。一二七一年に行われた法王選出会議は、六八年以来、蜿々三年にもわたって取り引きと陰謀に明け暮れ、ついにしびれを切らし怒り狂ったローマ市民が、その会議の行われている議場の屋根を剝いで乱入し、決定を強制したものであった。かくてそれ以後の選挙は、会場の出入り口に煉瓦を積み、漆喰で塗り込めて枢機卿たちを閉じ込め、わずかに飲食物を出し入れする穴を残すだけで、選出が遅延すればしただけ、飲食の量を次第に減らし、しまいにはパンと水だけにすることに取り決められていた。枢機卿たちは空腹と、排泄物等による悪臭に耐えられなくなったところで、決定を強いられたものであった。

そういう取り決めがあったにも拘らず、一二九三年の法王選出会議は、これまた蜿々として十八カ月を徒費し、一二九四年夏に到っていた。場所は、悪疫の流行していた暑熱のローマを避けて、その北約一五〇キロの、ウムブリア山中のペルージアの町であった。ペルージアはテヴェレ川の上流に臨む、堅固な城塞都市であった。先述の取り決めは、言うまでもなく無視された。

選出が遅々として取り運ばぬについては、例によってローマの二大貴族である、コロンナ家とオルシーニ家との間で、その利害に折り合いがつかなかったからである。前法王はオルシーニ家出の人であった。オルシーニ家にその王座を失うべき理由がなく、コロンナ家にその継続を認めるべき理由がなかった。議論と陰謀と報酬工作とが、果てしなく続けられた。

一二九三年七月、ナポリ王カルロが、わざわざナポリから北上して怒鳴り込んで来た。これに対して怒鳴り返したのは、歯に衣をきせぬことで著名な、法律顧問のベネディクト・ガエタニ枢機卿であった。

『たとえ吾等、永遠にここに座すとも、何者も吾等に強制は許されぬ。また如何にキリスト教世界が決定を待ち望むとも、枢機卿会議がその選択をよしとするまでは、他の容喙を許さず。』と。

ナポリ王は怒り狂ってペルージアの城門を後にした。ナポリ王は帰って行ったが、にも拘らず早期に選出さるべき外的要因もまたあったのである。南方からはイスラムの勢力が次第にその圧力を高めつつあり、フランスと英国の王たちは、キリスト教世界を二つに割るかもしれぬ戦争をはじめ、教会領であるシチリア島は、スペイン人たちによって占領されかけていた。

議論がつくされ、脅迫や買収がくりかえされても、コロンナ家とオルシーニ家の誰かが三分の二の多数を獲得すべききざしが見えなかった。

そのうち、枢機卿の一人が、特定の誰かに告げるというのではなく、この頃に人々に崇拝されていたある隠者から受け取った手紙を披露した。それは一種の脅迫状の如きものであり、早急に選出がなされなければ、聖霊が諸卿を罰するであろう、との預言が記されてあった。

『察するに、その預言は、モローネ山のピエトロ師からのものであろう』

と、唇の端を歪め、冷笑気味で言ったのは、再びガニタニ卿であった。

モローネ山のピエトロと称された老人は、当世風な信者、というよりも、初期キリスト教の、山中の苦行者、あるいは隠者に極似していた。数多くの信奉者がいて、独立した一教団として、ローマからも認められていたものであったが、ピエトロ自身は、巡礼たちが自分を慕って来ることを厭がり、高さ二千米を越えるアブルッツォの山中を、あの山からこの山へと、山の洞穴や岩蔭に隠れ避けていた。ここでも初期キリスト教徒のように、無益な名声を嫌っていたのである。

枢機卿会議は、いっときこのピエトロをめぐっての話題で賑った。暇つぶしの雑談の主題としては、まことに適当なものであったからである。そのざわめきのなかにあって、先にその手紙を披露した枢機卿が、一段と声を張りあげて、

『余は、父と子と聖霊の名において、モローネのピエトロを推挙する』

と、発言をした。

一座は水を浴びせられたかのように、静まった。誰一人、この崇貴な場で、斯様な、浪人同様の隠者の名が正式に提起されようなどとは、思ってもいなかったからである。ベネディクト・ガエタニ自身は、コロンナ家とオルシーニ家のどちらにも決定出来ないとあれば、延引をさえさせておけば、いつかは自分のところへ玉座が転り込んで来るものと決め込んでいたのである。

それは混乱のなかでの、思いがけぬ摂理の声の如きものであった。それに、あまりに長期に

わたる取り引きや陰謀に、ほとんど全員が飽き飽きしていたせいもあった。もう何とか決着をつけて終らせたかった。五人の中立的な枢機卿が賛意を表し、続けて片隅での談合の後に、コロンナ家が、ピエトロの『その聖性の名高きにのみ依拠して』賛成側にまわった。そうしてコロンナ家へ玉座が行かないということにさえなれば、オルシーニ家としても反対する理由がなかった。

大勢が決定して後に、ガエタニも一票を投じた。各枢機卿は、それぞれに内密の思惑をもっていた。モローネ山のピエトロは、八十歳を越えていたが、ガエタニは六十歳になったばかりで、痛風と胆嚢結石の持病を別とすれば、短期の法王位をピエトロ老人に譲っても、自身の前途に差支えはないであろう、と判断されたのである。

モローネのピエトロが、正式に、聖霊によって法王に任ぜられるために、教会法は、枢機卿自体が選ばれた人の許に伺候をして、その旨を告げ、承諾を得なければならないとしていた。

しかし、これまでの例の如くに、枢機卿会議の議員自体のなかに選ばれた人がいるのではなく、また廊下の角で、いまかいまかと胸を躍らせて報を待ち構えている候補者がいる訳でもなく、その人は、ペルージアから離れること二四〇キロの、ナポリ王国領内の二千米を越える高峻な山の中にいた。誰もがそんな山の中へ行くことを嫌った。しかし、結局は誰かが行かなければならぬ。

代表は、ただ一人英国から来ていた枢機卿に押しつけられた。そうしてこの英国人枢機卿その他二名の代表が、仰々しい法衣をまとい、岩山を汗まみれになって攀じ登り、山頂近くの岩蔭にやっとの思いで辿りついたとき、そこにすでに先客があった。

ナポリ王のカルロ一行であった。ナポリ王にとっては、まことに思い懸けぬ儲け物であった。法王位は、いや、法王位のみが、権威をもって、全キリスト教世界からの貢物を掻き集めることの出来る地位であったからである。しかも如何なる意味でも、教会行政や政治的陰謀などに長けていない、清貧をもって旨とする遁世者がその地位につくとなれば、操縦は容易であろう。コロンナ家も、オルシーニ家も、ベネディクト・ガニタニ卿もまた、別々の思惑からして、豊かな収穫を期待していたのである。

ナポリ王カルロと、英国人枢機卿が汗を流し脛に傷を負って血までを流しながら、新法王の座所に攀じ登って目にしたものは、法王就任要請の儀式などにふさうものではまったくなくて、それは、一方に目も眩むような千仞の谷を控えた、狭小な岩の平地に、木の枝を柱とし萱を屋根として葺いただけの、ただそれだけの、いわば乞食浮浪民の小屋があるにすぎなかった。

ピエトロは、その小屋の丸太の横木のあいだから、ヒゲだらけの衰顔をのぞかせ、目は血走って身のまわりのものを袋に詰め込んでいた。身にまとった襤褸は方々で擦り切れ、糸がぶら下っていた。仰々しい服装の一団が麓から近付いて来たので、逃げ出して別の山に籠る用意をしていたのである。

それはまさに、世にもてはやされて然るべき、宗教寓話の一景とも言うべき情景であった。戴冠をしたナポリ王とその一族、廷臣の数々、それに教会の諸侯と呼ばれる、枢機卿と高位の僧職者たちと、その従者の面々が、両の膝小僧がちらちらと見えている弊衣蓬髪の老隠者の前に平伏し、各人が競ってその皮草鞋をはいた、垢と泥で汚れ果てた足の指に接吻をしようとしていた。

老人は、枢機卿からラテン語で告げられたことを、果して理解したものかどうかさえ、実は覚束なかったのである。枢機卿がおごそかな口調で、法王選出の旨を記された羊皮紙を読み上げていたとき、狼狽した老人が壺をひっくりかえし、地に吸い込まれてゆく水を、さも惜しそうに眺めていた。

けれども、枢機卿がその宣告を読み了ると、老隠者は地に体軀を投げ出し、祈りの言葉を長く呟き、やがて起き上ると、かすかな、ほとんど誰にも聞きとれないような小声で、法王就任を承引する旨を答えたのであった。

人々がそのボロ小屋を取り壊し、新法王は驢馬に乗って高峻な坂を下り、山麓に達したときには、すでに異様な行列行進がかたちづくられ、この新たな奇蹟のことを聞きつけた、数百人の巡礼たちもが、この行列に加わった。

かくて歌声と祈りの朗誦は渓谷にこだまして、行進する人々自体もが、これが新たなる奇蹟であったと信じはじめていたのである。

しかし、奇蹟は、街道筋へ出るまでのことであった。

枢機卿をはじめ教会側は、道を北に取ってローマへ行くものと信じていた。

けれども、ナポリ王はそうそう容易《たやす》く、天からの賜り物を手放す筈がなかった。大魚は王の領内において釣り上げられたのである。出来れば彼の領内、あわよくば首都ナポリに留めておきたかった。

教会側と王の側とは、当然果てしない大激論をたたかわせねばならなかった。

結論は、これまた当然に、新法王の決断に仰がねばならなかった。

モローネ山の隠者ピエトロは、これまでの全生涯を不毛な半島南部において過して来ており、物産と商業によって豊かなればこそ、陰謀と戦争の渦巻く北部には足を踏み込んだこともなく、そんな未知の危険に身を置くつもりなど毛頭ないと、この件に関しては、きわめて頑強かつ明白に反対をした。
ローマから全枢機卿が呼び寄せられた。一人一人が新法王説得に力を傾けた。その最後の一人が、ベネディクト・ガエタニ卿であった。ガエタニはペルージアでナポリ王を罵倒したことにこだわっていたが、ナポリ王には、大いなる獲物をえた現在、些事にこだわらぬ度量が備っていた。

即位の戴冠式は、ナポリ王との間に妥協が成立して、ローマではなく、ローマよりやや北方のラキラの町で、八月二十九日に取り行われた。それは、ローマよりやや北方の町であったが、半島南部から二万人を越す百姓や市民たちが、この小都市に雪崩れ込み、それまでの傲慢無礼な半島北部を見返してやろうとの示威行為でもあった。何故ならば、南部からの新法王選出は、同時に南部への栄光と権力の奪取を象徴し、その地の神格化《アポテオージ》をも意味する筈であったから。

富める北部と、貧しい南部との著しい差違は、今日でも、誰の目にも明らかである。

モローネのピエトロは、法王として、ケレスティヌス五世を称することとなった。

戴冠式は、たしかにローマよりやや北方で行われた。けれども、法王座をどこに置くか、これを決定する者は、またしても法王自身である。ケレスティヌス五世は、何の外連《けれん》もなく、ナポリに置く、と定めた。

ガエタニは激怒して、言い放った。

『勝手にしろ、聖人振りやがって。余は断じて同行しない。もう二度と聖霊なんぞに騙されないぞ』

と。

この瀆聖の一語を、ある人々は決して忘れなかった。

断じて行かぬ、と叫びはしたものの、他の枢機卿同様に、結局はガエタニ卿もナポリへ随従をして行ったのであった。

ケレスティヌスは、今日もナポリの港湾を睥睨している、新要塞《カステロ・ヌオボ》と呼ばれる、五つの塔を持つ陰気な城に、その玉座を置くことにした。

しかしナポリにおいて、事態は次第に、それまでの喜劇じみた有様から、ドタバタ喜劇へ、そしてついには悲劇的なまでの様相に変貌して行った。

新法王の最初の命令は、この要塞内の大広間の一つに、木枠で囲った小屋、あるいは小室を作り込ませることであった。

『頭かくして尻かくさず――アタマをかくしてさえおけば、誰にも見えず、また見られないと思い込んでいる雉《きじ》の如きだ』

と言ったのは、はじめてピエトロに会いに山へ行った英国人枢機卿であった。

あわれな老人は、突如として自らが投げ込まれた、複雑にして悪ずれのした取り巻きのなかにあって、身と心の真底から当惑し果ててしまったのである。枢機卿たちは彼をして畏怖させた。彼等は極端なまでに世間ずれのした――新法王との対比で言えば、一種の悪党たちである。しかもケレスティヌスは、生涯かけて群衆を避けつづけて来た、いわば逃亡者である。おまけに、新法王は、法王宮廷の公用語であるラテン語も出来なかった。やむなく、枢機卿たちもラテン語を捨てて、ナポリ方言で話さざるをえなかった。山中で親しかった直接の取り巻き、これも無知な修道者たちである顧問や腹心の友といるときだけが、法王にとって気の休まる時であった。

全キリスト教世界にわたっての、行政、財政、立法、司法等の尨大な組織業務の一切を、法王は無視しかつ放擲してしまった。彼自身の修道者集団の特権を拡大すること以外は、一切を。半狂信的な彼自身の修道者集団の特権が拡大されると同時に、たとえば強力無比なモンテ・カシーノのベネディクト派教団の権威は損なわれ、深甚な遺恨を買った。実入りのいい聖職や職禄を求める者どもが殺到し、それを与えるについて、法王自身はそれが何を意味し、かつ如何なる利得が伴うものかについて、一切無知であった。知ろうともしなかった。極端な場合には、法王の署名のみのある、白紙委任状までが発せられ、法王庁の役人どもがこれを切り売りした。かつて念入りに練り上げられていた、法王主催の饗宴や、娯楽のための演芸会は廃止同然となり、それよりも何よりも法王自体が、何のために演芸会や大饗宴などを催さねばならぬかを、まったく理解することが出来なかった。バターなしのパン切れだけが、唯一の好物であると称していた。人を避けて、檻のような木枠の小屋に閉じ籠っていない時は、山巓の清浄な空気を切に求めて、城塞内の部屋から部屋へと歩きまわっていた。ナポリ港に臨む城塞の窓には、潮気と魚臭のする空気以外のものがあろう筈がなかった。

要するに、この無垢にして善良なる好人物を、山頂のボロ小屋から引き下して来て、全ヨーロッパでも最高に華麗にして万能の霊界の独裁者の位置につけた方が間違っていたのである。もっとも、迷惑をしたのは教会の高位の僧たちであり、まことのキリスト教徒たちにはある種の悦びをもたらしていもしたのであった。あたかも、預言の実現を見るかのような感をも、ある人々に与えていた。単純かつ清貧な者が、天の配剤として、いつかは権力者どもを制圧するであろう、という……。

ケレスティヌス五世は、原始キリスト教会にこそふさわしかったが、巨大な行財政司法等の機構がすでに築き上げられ、その機構そのものが人を矮小化し、矮小化した分だけ華美華麗となって膨れ上り、俗化のどん底にまで堕ちた法王位には、まったくふさわしからざる、時代錯誤現象として、高位の僧職者たちの眼に映っていた。

戴冠後一カ月も過ぎるか過ぎないかという短い期間に、すでにして法王庁の官僚行政機構は、大混乱に陥ってしまった。それというのも、法王の足許に群れ寄って来た猟官運動者どもに、彼等の求めるものを簡単に与えたり、与えたかと思うと側近の忠告によってひっくりかえしたり、誰がどの職禄にいるものか訳がわからなくなったからであった。この混乱から免れ出ようとして、法王は三人の枢機卿を選んで、一種の摂政制を施行しようとしたが、それは枢機卿会議の反対によって日の目を見なかった。その方がよかったのである。四人もの法王と法王代行がいたのではますます混乱は輪をひろげ、かつは法王代行になれなかった枢機卿たちの怒りを買うだけであったろう。ついに法王ケレスティヌスは、要塞内の大広間につくりつけさせた木枠の小屋に閉じ籠ってしまった。

かくて事態は、彼自身が形成しかけていた教団自体をさえ裏切りかねないところまで来てしまった。

彼の愛と清貧を旨とする教団は、この法王の戴冠をもって、教会改革《リフォルマ》の暁を見るものと期待していたのである。一方には教会改革を期待する愛と清貧の教団があり、他方には非情で、唇の端を歪めてものを言う強靭無類な教会官僚がいた。そうして第三の圧力グループまでがいた。それは、ナポリのカルロ王の宮廷であり、このカルロ王はフランスのアンジュウ家の子孫であり、カルロ王といわんよりは、シャルルと呼んだ方が妥当なくらいであった。従ってフランス王との緊密な関係維持に腐心していたものであったから、新たな枢機卿任命については、フランス人の僧を登用させるべく努めた。七人のフランス人僧が枢機卿として新任され、次の法王選出会議はフランス人とイタリア人だけによって構成されることになった。かの英国人枢機卿などは、どこかへ消えてしまった。

法王ケレスティヌスは、もはや進退谷まり、その地位を維持することは不可能であった。いったいこの法王が桂冠辞任を思うに到ったかは不明であるが、ローマのコロンナ家を代表する枢機卿は、ベネディクト・ガエタニその人が、法王の閉じ籠っている木枠の小屋に向けて、秘密の伝声管をとりつけ、夜毎の闇に乗じて、辞任をせよ、さもなくば地獄の火に灼かれるであろうという、超自然を模した声を送りつづけた、との説をとなえている。こういう疑惑にみちた伝声管説を信じた者のなかに、ダンテ・アリギエリもがいた。ダンテはその『神曲』のなかで、口をきわめてガエタニを罵った。ペテン師であると非難したのである。

法王辞任などという前例は、約百五十年前に、法王位を売り飛ばして辞任をしたという、甚だ芳しからざる例しかなかった。さればケレスティヌスとしても、教会法に精通したガエタニ卿に助言を求めたとしても、それも無理からぬ状況にあったと言えるであろう。法王選出会議において、最初にモローネのピエトロの名を挙げた枢機卿は、すでに死亡していた。枢機卿たちの派閥の間にあって、ガエタニは表面上の中立を守っていた。彼自身の思惑は深く秘められていた。

伝声管説の真偽如何はともかくとして、ガエタニはひそかに、危険な法律的、政治的暗礁を乗り切るべく、法王を導く巧みな水先案内人をつとめたのである。辞任の意向ありとの情報は、好機を見て巧みに漏洩され、ピエトロの教団も、ナポリ王シャルルも既得権を喪うことを恐れて反対圧力をかけて来たが、それをもガエタニは、玉座を乗せた船を右に左に方向転換をさせて、ついに乗り切ったのであった。

戴冠後わずかに十五週間、十二月十三日に枢機卿会議が召集されたときに、何が告げられるかを予めしかと承知していたのは、恐らくガエタニ卿只一人であった。

その当日、青ざめて、身をぶるぶる震わせながら、法王は法王権放棄承認書を読み上げた。声は、しかし、しっかりしていた。放棄承認書は、ガエタニがラテン語で起草したものであった。驚きと安堵の入りまじった沈黙のなかで、法王は自分で絢爛たる法王衣を脱ぎ捨てた。その法王衣こそは、彼にとっては権力の象徴どころか、獄衣のようなものであった。そうして大広間を出て行き、やがてもとの隠者の粗衣をまとって戻って来た。

　法王辞任の反動は、同情的なものから酷烈な批判まで、広い範囲にわたるものであったが、『聖ルチアの日に、法王ケレスティヌスは法王位を辞任した。その行為、よかりき。』と記したヴェネツィアのある年代記作者の言は、親切なものに属した。ダンテにいたっては、どのくらいに現場の状況に通じていたものかわからぬにしても、地獄篇第三歌に、『陸《ろく》でなしのやから』の一人として、『その旗のうしろに、死がかくも夥《おびただ》しい生命《いのち》をあやめたとは信じられぬほど、多くの人の長い行列が続く。／見知りの顔を幾つかその列の中に認めたのち、心おくれのため大事を拒んだ人の亡霊を、私はそれと知った。／よって直ちに私は、これぞ神にも神の敵にも憎まれた陸《ろく》でなしのやからの、より集りに違いなしと悟った。*』（傍点・引用者）と言う。

　ダンテはダンテであるにしても、これは如何にも不当な批判であろう。

　この辞任劇の十日後に、法王選出会議は、わずか二十四時間の協議と投票の結果、既定のことのようにして、ベネディクト・ガエタニ卿を一九四代目の法王として選出した。卿はボニファティウス八世を称した。時はまさに一二九四年のキリスト降誕祭当日であった。

なお後世にいたって、枢機卿会議は、気が咎めでもしたものか、ケレスティヌスを列聖し、聖ケレスティヌス五世とした。

ケレスティヌスが、いわば凹型の、どこまでも身を引いて行く——ダンテの言い分によると『心おくれのため大事を拒んだ』——隠者型の法王であったとすれば、次に我々の主人公となってくれる筈の、ベネディクト・ガエタニ＝ボニファティウス八世は、典型的なまでに、現世において突起しようとする、大いなる凸型の法王であった。彼は霊界の王であるのみならず、全ヨーロッパの皇帝でもあろうとするであろう。

II

新法王は六十歳台の前半にあり、その選出は、それまでの四十年間にわたる彼の、きわめて精力的、かつ誰にも引けを取らない有能さからすれば、当然として可なりと言ってよかった。

四十年間、彼はつねにローマの政治の心臓部にあって、その密室内の、閉所恐怖症的な雰囲気のなかにあっての経験によってえられたものばかりではなく、法王の外交使節として外国へ赴いての、修羅場での経験をも積んでいた。三十歳台には、内乱最中の英国へ法王使節団の一人として行き、ロンドン塔のなかに幽閉されたこともあった。このときには、後にエドワード一世となる若い王子によって救い出され、英国に強力な支柱の一つを得ることにもなるのである。ローマに帰ってからしばらくは姿を水面下に消すことになるが、法王庁の記録には、一二八一年までの期間に彼が得た聖職禄として、英国、フランス、イタリアなどの各地に収入源をもっていたことが記され、大きく再浮上して来ている。彼の専門は教会法であったが、すでに思慮深い法律家などではなく、野心に満ちた俗世の財政家として土地と金を追求し、かつそれを次々と増加させることに腐心、強烈に執着して行く男の姿を定着させている。土地は金をもたらし、金はまた所有の土地を拡大して行く。

また彼の縁戚関係を見て行くと、母はある法王の姪にあたり、ローマの二大貴族で、ともにかつて法王を出しているコロンナ、オルシーニ両家とも遠縁にあたっていた。その上、体力気力ともに充実し、英国での経験の九年後に、正式の法王使節としてフランスを訪問したときには、神学論議にかけては強力無比な、パリ大学を懲らしめるという使命を帯びていた。パリ大学は事毎にローマに対して異を称えることにおいて、強い自負をもっていた。

『教授諸君、諸君は、世界が諸君の論議理論によって支配さるべきものと考えているようである。しかし、諸君に告げる、かかることはありえない。世界を委託されているのは我々である、諸君ではない。これ以上、異を称えつづけるならば、ローマは諸君の大学を踏み潰すであろう。』

パリ大学の碩学たちは、このベネディクト・ガエタニに、法律専門家、またヨーロッパ各地にまたがる大地主としてのそれに加えて、尨大な教会組織に深く根をおろした、傲慢不遜な聖職者をも見出さなければならなかった。

聖なる隠者が辞任をした後の法王選出会議において、ローマの枢機卿たちがお互いに陰湿な争いを繰り返しているのを余所目に眺めながら、彼は巧みにナポリ王の支持を取りつけることに成功していた。かつての罵詈雑言などは、すでに忘れられていた。この王が引き入れた枢機卿が、そこらにうようよしていたからである。中立の枢機卿をそこへ引き込み、多数派工作は難なく成立した。

一旦選出されてしまえば、ナポリなどは無用の地である。降誕祭前夜に選出されたボニファティウスは、歳暮にはもうナポリを出ていた。法王用の莫大な荷物など置き去りにしても、一向に差し障りはなかった。ただ前法王のケレスティヌスだけは、どうしてもローマまで同行させなければならなかった。法王辞任ということが、如何にも異常な、前例の少い事件であってみれば、ボニファティウスは法王位の簒奪者と見做されかねなかったからである。

ところが、ナポリからローマへ北上して行く間に、行列からの落伍とみせかけて、前法王は逃亡して古巣のモローネ山に戻ってしまった。

ボニファティウスがローマに到着し、ローマ市民の大歓迎をうけたのは一月十七日であったが、法王としての最初の命令は、ケレスティヌスの逮捕令であった。前法王は逮捕令状をもった部隊の接近を知ると、逸早く別の山に姿を消し、留守番をしていた従僧がその場所を告げることを拒否して、部隊に殺害された。それは、新法王にとって不吉な第一歩と言うべき事件であった。

法王の授任及び戴冠の儀式は、前法王が驢馬に乗って現れたのとは、まったく事変り、かつてのローマ皇帝の戴冠にも比すべきほどの、瞠目すべき華麗壮観をもって演出された。一月二十三日、儀式は聖ピエトロ大聖堂においての授任戴冠と、ラテラノ宮殿における法王庁政府首長就任との、二部に分けられていた。

大聖堂における授任式の後に、金色の縁取りをもった白衣の法王衣をまとって、新法王は大聖堂正面入口の大いなる扉を背にし、玉座についた。それまでの司教冠が除かれ、円錐形の巨大な宝冠が彼の頭に置かれた。数千のローマ市民が歓呼の声を挙げていた。二年近くも市民たちは留守をさせられていたからである。

元来、ほんの二百年ほど前までは、法王冠なるものは、只の白い、縁なしのキャップであるにすぎなかったのである。それが〝永遠の都〟なる称号をもつローマ市と、法王領とをもつ法王位の巨大化とともに、いつの間にか白い、単純な布製のキャップから、如何なる皇帝の冠とも競いうべき、重い一大宝冠となり、しかも戴冠に際して発せられる信仰告白《フォルムーラ》は、明白にその意義を定義しているのである。

曰く、

『汝、法王冠を頂け、汝こそ、地上の数ある王及び大公の父であり、世界の治者であり、永遠にその栄誉を担うべき、救世主イエス・キリストの代理者であることを認知せよ。』

万能の王とは、かかる者のことを言うのであろう。かくてボニファティウスは現実に、そのすべてであろうとする。

戴冠の後に立ち上った法王は、広場に下り立って白馬にまたがり、ハンガリーとナポリの王が伝統に従って馬丁として、冬のぬかるみのなかを徒歩でラテラノ宮殿への行進に従う。ボニファティウスは、ラテラノ宮殿に居を構えて、その世俗権を行使した最後の法王であった。ボニファティウスが世を去っての後、この、千年の歴史をもつ宮殿は破壊され、爾後ヴァティカン宮へ移るのである。

さて、ラテラノ宮殿にまで行進をして来て、ここで世俗権の行使者としてふさわしい、と言うべきか、奇妙な、法王の権威を辱しめかねない、低俗にして野卑な、と言うべき儀式を取り行わねばならなかった。

宮殿正面の階段の上に、一つの赤大理石の玉座がしつらえられている。しかもその玉座は、奇怪なことに、尻をおろすべき座には穴があいていて、まことに室内便器にさも似ていたのである。もとは、帝国時代の大きな共同浴場にあったものと言い伝えられていたが、いつの頃からかその由来は忘れられ、おそらくはその赤大理石の見事さと、帝国に源をもつ古物崇拝の念からして、法王の正式用具として用いられて来たものであった。

歴代の法王は、この便器様の椅子に、ただ暫時の間坐らせられるだけで、それだけで、後は枢機卿に手を取られて立ち上る。何のために、そんな便器様のものに坐らせられるのか？

当然な疑問は、初期法王中の一人、〝法王ヨハンナ〟と呼ばれた伝説的法王の記憶を喚起したものであった。法王ヨハンナは、実は女性であった、という伝説である。ヨハンナ法王は、西欧の政治用語に言うところのPornocracy――ポルノグラフィではない――日本語では妻妾政治と訳すようである――なる専門語の源をなした。この女（？）法王は、行進中に、赤ン坊を道路に産み落したと言う……。

さればこの赤大理石の穴あき椅子は、法王の性を実際に検証するためのものであったと言う……。

暫時の間そこに坐らせられて、立ち上り際に、七つの鍵と七つの印章を結びつけた腰帯を受領し、ついで硬貨で満ちた袋に手を入れ、三度それを群衆にばら撒く。

『金銀は我が物に非ず、されど余は我が持てるものを汝等に与う。』

これもまた、伝統的に定められた台詞であった。

この後に、式典は宮殿内に移されたが、奇怪なことに、宮殿内にまたもう一つ、穴のあいた椅子が用意されていた。先の階段上における赤大理石のそれが一般人向けの、法王の性別検証用のものであったとすれば、室内のそれは、内々の検証と言うべきものであった。新法王が実際に法服の裾をまくりあげたかどうかは、誰も記していないようである。

奇々怪々なることをするものかな、と言われるであろうが、女性が法王に化けて行進中にお産をする、などという天下の醜態が演ぜられるよりはまし、というものであったのである。

この夜の饗宴の豪勢さは、複数の年代記作者や外交官等によって、食器の種類から料理や菓子、リキュールの種類にいたるまで詳細に記されているが、ここではそこまでに及ぶ必要はなかろう。

ボニファティウス八世の治世初期は、比較的に安定したものであった。けれども、その裏面では、法王は執拗に前法王ケレスティヌスの行方を捜し求めていた。前法王を核とした反乱の起ることを、恐れていたからである。その追及の激しさは、ついにケレスティヌスをしてギリシャへ亡命すべく、小さな舟に乗船せしめるほどであり、この亡命行は、しかし、舟が嵐に吹き戻されて再びイタリアに上陸した際に、ついにナポリ王によって捕われて終った。ナポリ王は、はじめはこの隠者を利用しはしたものの、ついにはボニファティウスの機嫌を窺うために、今度は逆利用をしたものであった。ナポリ王によってボニファティウスの面前に引き出された、弊衣蓬髪の前法王は、

『ボニファティウス、お前は狐のように法王位に忍びより、ついで獅子のように支配をし、やがて犬のように死ぬであろう。』

と予言をしたと言われ、その予言によって歴史にその名をとどめることになるのである。

隠者はローマから東南一七〇キロほどの、フモーネの要塞の地下牢に入れられたが、その獄室の簡素さに悦びをなした、と記録が伝えている。その同じ獄室で十カ月後に死ぬのであるが、

その死は必然的にボニファティウスの殺害にかかわるものとして伝えられ、骨は聖遺物として扱われた。ということは、この隠者法王を通じての宗教改革を目論んでいた、初期の改革論者たちの怨恨を深く広く買っていたことを意味する。ボニファティウスはまた、法律家として、前法王の任命になる枢機卿位や聖職禄などを不当なものとして、一筆で否認解職を敢行し、ここでもまた怨嗟の声を招く結果を来たしていた。

全ヨーロッパ規模の政治においては、しかし、ボニファティウスは確固たる手腕を発揮し、法律家としての巧みな捌き方を見せた。その好例が、英国のエドワード一世とフランスのフィリップ王の間の争いの仲裁作業であった。フランスに所在する英国領土と、フランダースの土地の帰属をめぐる争いに際して、両王ともに法律家としての〝ベネディクト・ガエタニ〟に仲裁を依頼したことが注目される。法王ボニファティウスではなく、ガエタニ氏に、であった。何故そうしたものであったかは明白ではないけれども、争いの初期の段階での仲裁は、両者を満足せしめていた。尤も、それは初期段階だけのことであり、この争いは断続的に十四世紀中葉から十五世紀へと受けつがれ、後世の歴史家によって百年戦争と呼ばれるにいたるのであった。

このときにも、しかし、フランダースの記録者は、この法王の一面を——いや、その根本的性格を——明らかに伝えている。

『ローマ宮廷は飽くことを知らない。その貪婪は底無しである。ある限りの貢物を持って行かなければならなかった。』

と。

法律家ガエタニは、たしかによい知恵を当事者に授け、適切な助言を提出しえていた。けれども法王ボニファティウスは、これによってヨーロッパの政治が金を生む樹であることをも、明白に知ったのであった。

そうしてイタリア国内のことに関しては、これはもうむき出しの荒稼ぎと言うべき事態を引き起して恥じなかった。聖職売買と、同族登用である。法律家としてのこの法王によると、聖職売買というものは、定義上、有り得ない、ということになる。即ち、法王は教会それ自体であり、教会は法王それ自体である。両者は一体のものである。法王が何をしようがそれは教会のすることであり、すべては法王の取り仕切りの下にある。従って法王による聖職売買も一族登用ということも、原理的に有り得ない。それは教会の為すことであったから。

フィレンツェの諸銀行は、〝神様殿《どの》 Signor Iddio〟という名義の口座を設けなければならなかった。法王への献金と、利息を認めてもらうための方便であった。〝神様殿〟という口座があれば、〝神様〟も利息を稼ぐことが出来る。全キリスト教世界からの金銀は、この〝神様殿〟名義の口座を通じてローマに流れ込んで来る。

ましてや、霊界だけの王という存在は、前法王ケレスティヌスの例によって、教会になじまず、かえって害をなすものとして証明された、とされていた。

いまやローマは、金銀を呑み込む怪獣の胃袋の如きものである。けれども、この巨怪な法王位なるものには、一つだけ大いなる欠点があった。それは世襲性がなく、選挙によるものであることであった。巨大な財力をたとえ擁していたとしても、子孫にそれを世襲させることが出来ないということは、家族《ファミリア》を何者にもまして尊重するイタリア人にとって、身を切られるほどにも辛い矛盾であった。

ボニファティウスもまた典型的なイタリア人であり、彼は法王叙任と同時に一族を身辺に集め、ローマ近郊からはじめて、中部イタリア全土に及ぶ土地買占めを開始した。買い取られた町や村は、一族に次々と与えられ、ここでも、ほとんど強制的に土地を買い上げられた、中小の貴族たちの怨みを買った。教会がその土地を、神の名において買うと言われてなお抵抗する者は、余程の大貴族であり、かつ破門を覚悟しなければならなかった。破門状態のままで、もし死んだりすれば、その死者は葬儀どころか墓もたてられない。生きていても社会の枠外の者となり、殺されても犯人は罰せられないのである。

法王が、あるいは法王一族が富むことは、教会が富むことであり、それは神の栄光をいや増すことにほかならない。土地を買い叩かれた者へは、銀行の〝神様殿〟口座から代金が支払われるであろう。

かくてガエタニ家の親族縁者たちの土地は次第に拡大され、その境界はついに最強の敵であるコロンナ家のパレストリーナの町に接近して来た。一触即発である。

あたかもその時を選んだかのようにして、コロンナ家の若者の一人が大事故を起してしまった。頭に血ののぼったステファノなる若者が、法王への金貨を運んでいた驢馬のキャラバンを襲い、悉く奪い去ったのである。法王はもとより烈火の如く怒った。周章狼狽したコロンナ一族は急遽協議をして、一応金貨を返すことにしてから、二人の同家出身の枢機卿を法王の召喚に応じさせた。

けれども、金貨を返すだけでは足りなかった。法王はコロンナ家に属する都市、町村に法王の軍隊を駐在させよ、と要求した。法王は自らに直属する軍隊を持たなかったから、その軍隊は必然に、コロンナ家のもう一つの敵である、オルシーニ家のそれがあてられるにきまっていたのである。そうして駐在とは、すなわち占領に他ならない。占領はまた、掠奪を伴うであろう。

追い詰められたコロンナ家は、まず宣伝戦を挑むことに決した。例によってお雇いの詩人を起草者として、法王弾劾の告発状を作成し、ローマ市内の方々で朗読させ、かつ聖ピエトロ大聖堂の正面扉にさえ張りつけさせたのである。弾劾状は、法王叙任の正当性に疑問ありとし、公会議の召集を要求していた。

ボニファティウスはこれに対抗して枢機卿会議を召集し、法王教書を発してコロンナ家の二人の枢機卿を罷免し、あわせて破門までしてしまった。コロンナ家はまた対抗措置として、法王叙任の無効を宣するだけではなく、親殺し、すなわちケレスティヌスの死は殺害によるものである、と声明した。法王側は再び教書を発して、先に罷免されたコロンナ家の二人の前枢機卿の破門を、向後四世代に到るまで、と拡大をした。かくてコロンナ家は、法律、社会、経済、宗教等のすべての局面において裸に剝かれ、彼等の生命を奪う者も、その財を奪う者も、すべては神の意にかなう者として法王の祝福をうけることが出来るようになった。すなわち、盗賊や掠奪者は、神のための復讐者として扱われる。

コロンナ家は、フランス人たちの勧告に基いてキリスト教世界の全体に、とりわけてフランス王フィリップとパリ大学に訴えた。前者は曖昧な態度を取っていたが、神学理論においてローマを上廻る権威を持つ後者が、強力な後盾となってくれた。とはいえ、理論は精神的武器ではあっても、現実の軍事力ではなかった。

争いが起きてから三カ月の後に、ボニファティウスは最後の武器を取り上げた。コロンナ家に対して、十字軍による征討令を発したのである。十字軍令が発せられれば、参加者はすべて罪の贖宥を受け、これに参加しない者は、代償としての金を払わなければならない。全ヨーロッパから貧しい人々の金、また貴族や高位聖職者からの、その地位にふさわしい金品がローマに向って動きはじめた。フィレンツェの諸銀行の〝神様殿〟口座は、数えることも難儀なほどの額にふくれ上った。

掠奪と破壊の対象は、コロンナ家に直属するものだけではなく、その支配下にあったあらゆる町や村にひろがり、百姓たちは奴隷として売りに出され、何世代にもわたって収穫を与えて来た、オリーブの樹々も火に包まれた。そうして一二九八年の夏にいたって、コロンナ家に残されたものは、ローマの東約三二キロのところにある、城塞都市パレストリーナだけになってしまった。

パレストリーナは古い町であった。ローマ帝国時代の余栄を色濃く保っていて、コロンナ家が本拠としていた宮居は、ジュリアス・シーザーの建てたものであった。その守りは固く、糧食の準備も充分であった。ボニファティウスはその腹心の臣の一人で、〝狐〟とか〝狼変じて僧になった〟とかと言われた、前山賊の僧に作戦を求めた。

ダンテはその時の遣り取りを次のように叙している。


法王、『そちも知る通り、わしは天国を鎖《とざ》すことも開けることもできる。』

狐、『父よ、わしが今そこへ落ちこまねばならぬあの罪から、まことわしを洗い浄《きよ》めるとならば申そうが、約束を長くし、その守りを短くすれば、聖座にあって勝名乗があげられよう。*』

狐、あるいは山賊、狼変じて僧となった腹心は、あらかじめ罪からの赦免を法王から得た後に、約束を長くし、すなわち、城内の敵に大赦を与えて守りを解かせ、その上で、守りを短くする、すなわち電光石火に城塞を破壊することを進言する。

古都パレストリーナは、全的に破壊された。コロンナ家の人々は、シチリア島とフランスへ離散した。

『神曲』において、ボニファティウスは魔王ルシフェルよりももっと大いなる者として、その三部作の全部に登場して来る。

III

フィレンツェはすでにルネサンスの夜明けの薄明から、光に輝く朝を迎えていた。

その有能な銀行家たちは、法王庁やイタリア各国のみならず、英国、フランス、スペイン、低地諸国、それにドイツの諸国政府への貸付けと同時に、貸した金の元利を取り立てるために、当の債務諸国の徴税業務をも請け負っていた。英国とフランス、また低地諸国を巻き込んで、後代に歴史家によって百年戦争と呼ばれる戦争は、その戦費調達をめぐって、双方から莫大な利潤をあげると同時に、ここでも莫大な累積債務を各国はフィレンツェの銀行に負うことにもなっていた。

かくて光り輝くルネサンス期がその黄昏《たそがれ》を迎える頃には、ここでも法王庁をはじめとして各国は、その累積債務の支払い不能におちいり、逆にフィレンツェの銀行が潰されることになるであろう。

フィレンツェは、各国の徴税業務を請け負うだけではなく、その外交事務をも引き受けてい、ローマにおいてヨーロッパの各国を代表する特命大使の大半がフィレンツェ人であるという、驚くべき事態をも出来《しゅったい》させていた。フィレンツェの栄光は、学芸だけに限られていたものではなかった。

ボニファティウス八世は、あるときにこれらのフィレンツェ出身の各国大使たちを一堂に集めて、

『諸君フィレンツェ人は、地上における第五要素である。』

と言ったと、これらの大使たちの一人が記している。ここに第五要素と言われているのは、地上の四大要素、すなわち、地、水、火、風につぐものである、との意であった。

大使たちは、その代表する諸国の政府や王室へ多くの報告文書を送っていたが、ボニファティウスに関しては、いずれも、高慢、誇り高き、激越な、勇敢な、残酷な、威厳のある、あるいは高貴な、などの形容詞を乱発していた。しかもこの法王が、多くの罪を犯していることも報告されているけれども、いずれもがこの人物の幅の広さを否定してはいなかった。

そうして、他方に激烈な非難者たちがいたこともまた当然であり、その代表者の一人は、詩人ダンテ・アリギエリであった。ダンテには二重に、個人的にもイデオロギー的にも、この法

王を嫌忌すべき理由があった。ボニファティウスは、法王位に帝王位を重ねての簒奪者であり、ダンテがフィレンツェから永久追放される因をも、この法王が作っていたからである。

フィレンツェ人たちは、そのせっかちさによって知られ、その他のイタリア人たちの嘲笑の的となっていた。彼等は、しばらく後に登場するマキャヴェルリに典型的に見られるように、実践実施などは二の次として、次から次へと新しい政治理論を案出したものである。その最新の発明品は、ボニファティウス叙任のしばらく以前の、『あらゆる市民は法の前に平等である』、というものであった。共和制思想は、あらゆる国王にとってと同様に、法王にとっても危険なものであった。

法王領をトスカナ地方にまで拡大することは、多くの法王の夢であった。けれども、北にフィレンツェが頑として盤踞していて、それが実現したことはかつてなかったのである。

ボニファティウスは、共和制に不平不満を持つ貴族たちと結び、例によって破門を以て脅迫しながら、不穏な空気をフィレンツェに醸成して行った。

『ローマ法王は、あらゆるものに君臨する者ではなかったか。皇帝も王も、すべて我が前に平伏したではないか。しかも、それらの皇帝や王の権威は、フィレンツェの共和制などに優越するものではなかったか?』

それが法律家上りの法王の側の論理であり、彼は絶対的かつ従順な服従を要求したのである。『さもなければ――と彼の論理が続く――フィレンツェの市民と商人たちを徹底的に弾圧すべきである。何故ならば、彼等の富は世界のあらゆる場所から労せずして奪い取られ、かつ破産宣告によって没収して来たものだからである。吾はあらゆる債務者を、その支払い義務から解放せんとするものである。』

法王自身もすでに莫大な累積債務者であり、フィレンツェの銀行の、諸々の〝神様殿〟とされた口座は、すべて早くも赤字になっていた。後述するように、フランス王フィリップが、フランスからの送金を禁止したからである。

市は法王方と共和主義者たちとの戦いの場となり、法王側が外から軍隊を投入したとき、市は共和派の有力者たちを法王の許に派遣し和を講じようとしたが、法王はこれを拒否し、市の有力者たちは、一斉に亡命の地を求めて市を去らなければならなかった。ダンテもまたその一人であったのである。

結果としては、ボニファティウスは、市の有力な知識人たちの分裂をうまく操縦し、もっとも口やかましい都市国家を味方につけてしまったのである。法王領に近接して、共和制の都市国家が存在したりすることのおぞましさを別とすれば、この法王は、フィレンツェの反抗が旧敵コロンナ家によって煽動されている、と信じていたと見るべき節があった。コロンナ家だけは、如何なることがあっても踏み付け続けなければならなかった。

ダンテは、後年、人類は神によって任命された皇帝下においてのみ幸福に達し得る、との結論に達したもののようであったが、俗世の法王が俗権に基いて支配を恣《ほしいまま》にするなどは、天を蔑《ないがし》ろにするものであった。『神曲』の天国篇において、ボニファティウスは聖ペテロに召喚され、その審問を受ける。

『神の子の広前《ひろまえ》にては、今も空位なるわたしの座を、わたしの座を、わたしの座を、地上にて奪い取る者、

わたしの奥津城《おくつき》を、血と汚臭の溝《どぶ》としおった。*』

と。

ローマ教会の創始者である聖ペテロは、ダンテの筆を借りて三度も、『わたしの座を』と繰り返し、この〝簒奪者〟を難じかつ嘆いている。ボニファティウス八世はダンテによって、最大限の筆誅を加えられるという光栄に浴したのである。後世は、ダンテの名をこそ知れ、ボニファティウスとは何者かと問うであろう。

しかしダンテの神も、地上の銀行にある、その名における口座に、借り越しの赤字を抱えて

いるとは、よもや気付かなかったであろう。

IV

ダンテの声望は、たしかに時とともに全世界的なものになるのであったが、ことボニファティウスに関する限りでは、箒で掃き捨てるような非難ばかりが声高に伝えられていて、この人物に関する具体的な叙述は、ほとんど無いに近いのである。それが見られるのは、名もない外交官の報告や、法王庁の下ッ端役人の書いた年代記などであった。

それらの断片を継ぎ合せてみると、そこになかなかに興味深い、一人の人物像が浮び上って来る。その振幅は、彼もまた、やはりルネサンス人の一人であると言いたくなって来るほどのものであった。

何しろ口の悪いことにかけては、飛び切りの人物であったようで、簡潔にして辛辣、しかも含蓄のある毒舌、機知縦横にして人を刺すような警句や、諷刺詩のようなものまでを駆使し、それも諸国の外交官や下ッ端役人が記録するかもしれぬなどという気遣いなどは微塵もなく、傍若無人とは彼のために用意されたことばであったか、とさえ思われて来る。

たとえば、性的道徳あるいは不道徳について、この法王は、ほとんどプラグマティストであるかとさえ思われる。

『何だと？　女（複数）や男（複数）と寝ることなんか、右手と左手で手揉みをすることと同じようなもんだ。それだけのことだ。何が不道徳なものか！』

不死、あるいは不滅性について、

『人間が死後の生命に望みをつないでいる、というのか。人間がそうならいまこの食卓の上にいる、蒸焼きの七面鳥だって、同じことを考えていただろうよ。』

この発言がなされた当日が、肉断ちの日であったことに、周囲の人々がショックを受けた、とある年代記作者が記している。

この法王が自ら代表している宗教に内在する神秘について、彼自身何を考えていたかは不明であるにしても、片々たる発言をつないでみると、内的な神秘性などに関しては、ほとんど無関心であるか、あるいは懐疑的でさえある法王像が浮び上って来る。彼が崇敬している神は、権力という神であると、言わざるをえなくなり、キリスト教以前のローマ皇帝に近い映像が焙《あぶ》り出されて来る。そこにまた、ルネサンス期の、革新的な唯物論者の面影までが見られるのである。

アラゴンの宮廷から来ていた使節は、『法王庁の大犬ども』のゴシップとして、得々として次のように報告している。

『多くの枢機卿たちは、彼の死を望み、その非道にはうんざりしている。ランドルフ卿は、あんな奴と一緒に生きなければならぬというなら、死んだ方がましだ。あいつは舌と眼だけみたいなもので、この二つを除いては、あいつの身体は腐っている。もう長くはないだろうと思う。まるで悪魔と交渉しているようなものだ、と言っている。』

と。

当時の外交使節というものは、法王庁であれ宮廷であれ、ありとあるゴシップや噂話、誰と誰が浮気をしているなどということまで、細大洩らさず精細に報告することを求められていた。ゴシップは外交情報として高位のランクをもち、それはまた各宮廷に話題を供し、意志決定に大きな役割を果していた。

それにしても『あいつは舌と眼だけみたいなもので』というくだりは、寸鉄肝を貫くような毒舌を浴びせられ、かつつねに嘲笑の気味を含んだ冷たい眼で、胸中までも見透かすような視線にさらされている廷臣たちの、びくびくした有様を生々しく描き出している。

また枢機卿ランドルフの、『腐っている』ということの観察は、法王の病状をも説明していると思われる。痛風に加えて、胆石から来る苦痛は、おそらく廷臣にとって事態を一層やり切れぬものにしたことであったろう。

とにかく扱い難い患者であったであろうことに間違いもなく、次から次へと際限もなく呼び込まれた医者、あるいは偽医者どもは、往きはよいよいではあったが、大抵は真青になって慄えながら退出して行くのが例であった。この頃の医者は、六、七十種の薬草を練って作った丸薬《テリアカ》様のものや、朝鮮人参のヨーロッパ版かと思わせるマンドラゲなどというものを処方したもののようで、なかで、万能薬だとして、ダイヤモンドの粉末を飲ませた医者などは、異端派として告発されかねなかった。

痛風と胆石の疼痛がこもごも襲って来たときには、大声を張り上げて、彼が仕えることになっていた、神を呪った、とも伝えられている。

そうして異端といえば、ここに不思議なのは、この法王の健康をどうにか恢復、あるいは維持し、おそらくその生命を救いさえしたのは、パリで異端派として投獄されたことのある、凶状持ちのスペイン人であったことである。その当人は、医師にして神学者で預言者でもあったという、ヴィラノーヴァのアルノルドなる怪人物であった。この男は、『数年ならずして反キリストが現れるであろう』と預言してパリで投獄されたものであったが、その異端判決の解除を求めてローマに来、ここでは法王のための医者の役割を担うことになった。ボニファティウスは、自分の健康を取り戻してくれるなら、ということで少々の異端派騒ぎなどは大目に見ることにしたらしい。前記のアラゴン王からの使節は、枢機卿たちが法王の健康の恢復を確認し、かくて全員がこの医者を呪った、と報告している。

『噂では法王は死に瀕していることになっていて、また事実、枢機卿たちは口を揃えて、あいつさえ来なければ、もうとっくに死んで埋められていたであろう、と言い、あの医者に対する罵言の数々はとても私には書けません。』

と。

続けてこの使節は、その療法なるものが、魔術によるもので、法王はユダヤ教神秘哲学に基く印章を記した下帯、すなわちフンドシを着けることにあった、と書く。また法王は、悪しき霊の宿った印章か指輪かを身につけていて、そのおかげで元気は恢復したが、毛髪と爪を失った、という噂をも報告している。

世紀末の一二九九年、ボニファティウス八世の勢威はその絶頂に達していた。永年の敵コロンナ家は潰滅し、フィレンツェでは法王派が市を制圧、足許のローマでは誰も彼もが怯えておどおどしていた。

されればこそ、紀元一三〇〇年を迎えて大祭を祝うための舞台装置がととのった、と言うべきであった。全ヨーロッパと中近東、北アフリカなどのキリスト教世界から、数百万にも及ぶ巡礼者たちがローマに殺到する筈である。

新しい世紀を迎える祝祭に参加するために、数百万もの人々がローマを訪れるということは、実はローマ帝国の異教時代にも行われていたことであり、キリスト教はその上に乗って大祭を行ったものであった。エルサレムはすでに不信の者たちに奪われ、十字軍熱は失望と幻滅裡にさめてしまっていた。

一三〇〇年二月二十二日、大祝祭が法王教書によって宣告された。ローマは再び全キリスト教世界の永遠の都となってよみがえり、ローマに通じる道は巡礼者たちで溢れた。約二百万人の人々がローマの諸門をくぐったと言われている。

地には平和を、天には栄光を、である。その年、領主たちの争いもおさまり、収穫もまた良く、パンも葡萄酒も魚も肉も安価で、強慾をもって鳴るローマの商人たちも、あこぎなことをする必要がなかった。ローマに居住する各国人は、故国からの巡礼者の群れを迎えて案内をする組織をつくった。あまりな混雑で人死にが出たので、狭い通りや橋は一方通行に規制され、大通りには交通整理の役人が出動した。群衆が従順にこの規制に従って、陰気なサン・タンジエロの城をめぐって行進する様を、この年の復活節につくづくと観察したダンテは、後年、その主要著作である『神曲』に、亡魂が橋をわたって地獄へ下って行く、陰々滅々たる行列の場面として描き出すのである。

ある年代記作者は、全世界がここにいた、と書き、あらゆる言語が話され、タタール人のごわごわした毛皮から、ヴェネツィア人の絹と刺繍にいたるまでの、あらゆる衣裳が見られた、と書いている。この大群衆は、最終的には聖ペテロの祭壇の前に額ずいて賽銭を献げて行くのである。

『昼も夜も祭壇の前に二人の僧が立ち、幅広い馬鍬《まぐわ》で、限りもないかと思われる金を掻き集めていた。』

その多くは貧者の一燈と呼ばるべきものであり、ローマの市民でさえがそのあまりな額に驚愕して、これはガエタニ一味の集金用行事だと嘲った、とも年代記は伝えている。

それは、まことに全世界がそこにいた、と称されて然るべき行事ではあったかもしれなかったが、しかし、参加を禁止されている人々もいた。教会の敵と目された人々がそれに当り、とりわけて、ここでも、コロンナ家が指名されていた。すなわち祝年の大赦令から除外されていた。そうして、理由の如何はそれぞれに異っていたかもしれないが、ヨーロッパの諸王もが参加していなかった。もし参加していたとすれば、法王の前に跪いてその足に接吻をしなければならなかった。

かくて、この年余にわたる一大盛儀において、聖ペテロの直接の継承者としての法王と、全ヨーロッパに君臨する帝王とは一つのものとして合体し、ベネディクト・ガエタニは、法王にして皇帝、として人々の目に映ったのである。

彼自身もがそのつもりでいたことは、次のような外交使節の報告によって証明されていた。この頃、ドイツで覇を争っていた二人の王のうち一人が勝を収め、神聖ローマ帝国皇帝の冠を戴かんものと、その旨の伺いを法王にたてた。戴冠は法王が取り行うことになっていたからである。

当の使節に対する法王の返答は、注目に値するものであった。

『皇帝だと？　おれが、おれが皇帝だ！』

と。

真偽のほどは確めようもないが、ボニファティウス八世は、自らローマ皇帝の紫衣をまとい、金箔をうち、金の拍車をつけた靴をはき、大いなる剣を帯びて胸に十字架を下げていたと言う。

法王の敵が誇張をしていたきらいもないことはなかったであろうが、剣と十字架の合体は、これを見た二百万の群衆に、ローマに大いなる王あり、との強烈な印象を与えたことだけは疑えなかった。

V

七つの門からローマに流れ込んで来る巡礼者たちの、限りもないかと思われる行進が、この大いなる王にして、しかも法王でもあるという、法王位の黄金時代を表象しているかに思われていた時、その地上における最高の優位に対する挑戦が、フランスにおいてひそかに用意されていた。それは信仰上の深刻な軋轢にも、また何等かの誇りを傷つけられたとかという、精神的な問題に基くものでもなかった。

要するに、金、であった。

この時、フランス王はフィリップ四世であった。取り巻きの諂《へつら》い屋どもは、この王を美貌王《ル・ベル》と呼んでいた。ある程度男前ではあったが、その他にはさして取り得のない平凡な男であった。狩猟好きな道楽者で、本業の統治の方は下臣に任せていた。

問題は、前述のように、金である。方々の封建領主たちには、一国としてのフランスなどということは思いもよらぬことであり、これを押えつけて行くためには金が要り、その上、英国とは断続的に、終りもないかと思われる戦争をつづけて行くためにも、莫大な金が必要であった。貨幣の質を落したり、十分の一税を四分の一に、ついには二分の一税にまで増税を敢行した。思いつくことの一切は実行に移され、苛斂誅求の限りを尽した。けれども、それでもなおかつ足りなかったのである。言うことを聞かぬ領主どもを威圧するためにも、宮廷をして目を奪わんばかりの、豪華絢爛たるものにして見せることも必要であった。

かくなれば、自然とその目は、フランスにおいて教会が有していた豊かな土地と、その資産に向けられて行く。法王自身、かつて十字軍だなどと称して、諸教会領からの上りを彼自身の私的な戦争に投じていた。さればフランス国内の教会領からの収入を、フランス国の防衛に使うことに何の非があろう。まずもっとも豊かな、国のなかの国とも言うべき、シトオ会派の財産が狙われた。修道者たちはしかし、フランス国王に属するものではなく、法王を措いては如何なる権威も認めていなかった。されば彼等はフランス教会の司教たちを差しおいて、ローマ法王に直接に抗議状を送った。

法律家としてのボニファティウスは、直ちにペンを取って、響きわたるようなラテン語で、法王にはその配下の修道者たちを保護する義務がある、従って法王自らの許可なしには、如何なる理由に基いても、如何なる形式においても金を強要してはならぬ、と。そうしてこの教書は、もし強行をするならば、破門状を突きつける、との意が明白に、その行間に読み取られるように書かれていた。

しかしフランス王フィリップもまた、負けてはいなかった。彼の有能な法律顧問たちは、如何なる形式においても、また如何なる目的のためであれ、王の許可なしでの金銭の国外持出しを禁じ、なおかつ外国人の無許可在住を禁止する旨の、勅令をつくり上げた。

この勅令のもつ意義は、実に画期的なものであった。

それまでに、全ヨーロッパには、外国人という法的規制は存在しなかったのである。各人は個々の、ポーランド人であり、英国人であり、あるいはスペイン人であるという、ただそれだけのことであって、それ以上でも以下でもなかった。パリ、あるいはヴェネツィアに住むギリシャ人、あるいは英国人であって、それ以上でも以下でもなかったのである。

言語もまた同じであった。普遍語としてのラテン語を除いては、各地方の言葉は、地方語でこそあれ、誰もどこそこの国語だなどとは言わなかった。言語と慣習は、人の歩く速度で変化して行くものであった。それが人の歩く速度で変化して行くのであれば、歩いているあいだに覚え、かつ馴れて行くことが出来た。

旅券に類したものは、すでに存していた。けれどもそれは公的な使命を持つ人のためのものであり、その他の人々には用のないものであった。ヨーロッパはヨーロッパであった。ローマ法王の下にあって、公的かつ普遍《カトリック》のキリスト教世界であった。法王庁の人的構成もまた、原則的に全キリスト教世界からの人々によるものであり、その最高議決機関である枢機卿会議もまた、もし各枢機卿の国籍を問うとなれば、複数であることが当然自然であったのである。

神のもとの人間に、国籍の別がある筈はなかった。もしそれが真理でないとすれば、他に如何なる普遍的真理がありうるか。

ダンテの『神曲』の、地獄、煉獄、天国の三界にあっても、そこに在る人々の国籍が問題になることはなかった。

外国は存在しなかった。各地方があるのみであった。従って、外国人という法的規制の存在すべき理由もまた存しなかったのである。もし外国というものがありうるとすれば、たとえばイタリアの各都市は全部、相互に、外国であった。

またもし、それがありうるものとして認めると仮定しても、誰が一体それを認めるのか。更にもう一段進めるとして、それを認めるための前提として、国権というものを想定するとするならば、そういう国権を代表するものは誰か、という問題が出て来る。王か、皇帝か、各地の領主か……？　またもしそうであるとしても、皇帝、王、あるいは領主などの権利を誰が認定し、批准するか？

この金銭の国外持出し禁止と、外国人規制は、ローマ法王庁開闢以来、かつて考えられもしなかった、二重の大打撃であった。これが実施されるとなれば、フランス地方の教会及び修道院組織から送られて来る豊かな収入は、忽ち止まってしまい、なおかつ法王庁から派遣されている、数多くの教務員は、不法滞在者ということになる。

しかし、ローマ法王ボニファティウス八世と、フランス王フィリップ四世のこの抗争は、実は金銭問題などであるよりも、その根はもっと深いところにあった。

ヨーロッパ全体に、歴史的変革とこそ呼ばれてしかるべき、地殻変動期が訪れていたのである。地方が国家となり、それぞれが国家主権なるものを持とうとしていたのであった。すなわち、国家権力の発生である。

東ローマ帝国と西ローマ帝国という、漠然たる帝国も、神聖ローマ帝国という、これもまた漠然としてロシアとポーランドの境目あたりからアルザス・ロレーヌ地方あたりまで、あるいはキリスト教スペインをも含むような無限定な帝国も、すでに実態のあるものではなかった。

島国である英国は、早くその中心としての王と首都をもち、おのが自己同一性を見出そうとしていた。かくてフランスにもまた、パリを中心としての求心力が働いていたのである。英国との戦争は、双方の求心力の衝突であった。フィリップとボニファティウスの抗争は、台頭する国家権力、国権と、公的かつ普遍的な教権の衝突であった。

抗争は、まず法論争の形をとって行われた。法律家としてのボニファティウスと、フィリップ王周辺の法律家たちは、相互に響きのよい、多音節のラテン語を駆使して争った。それは当時の一般民衆には何の関係もなく、またその意味を理解しているものもほとんどいなかったかもしれない。しかし論争の結果は、人類の爾後の運命に決定的な影響と打撃をもたらす。数えることの絶対に不可能なほどの、真実に無数の人々が、国家権力なるものによって、自らの死ではない死を、死ななければならなくなるであろう。

論戦の火蓋が切られてからしばらくは、双方ともに、取り返しのつかぬ行動には出ないようにしていた。次々と取りかわされる文書は、法王の側では破門の脅しをやわらげ、王の方は金銭の国外持ち出しの件には触れなくなった。しかしいずれにしても、双方ともに、何等かの妥協によって事を収めるというような性格の持ち主ではなかった。爾後の三年の間に、フランス王は、法王の側に付いたフランス人司教を投獄したり、ローマへ行く予定の金箱を接収したりし、法王の側はまた、怒りに轟きわたる語調の文書を王に叩きつけた。

一三〇一年の冬は、殊に寒さと嵐の甚しい季節をもったのであったが、この間を通じてアルプス越えをさせられた、双方の使節たちの難儀は、人々の同情をさえ買ったものであった。

一三〇一年十二月、法王は教会に対する課税を禁止した古い教書を、埃を払って持ち出し、それに付け加えて、フランス王とその下臣たちが、聖なる教会に加えた犯罪、暴行、損害等に関して協議を行うために、フランスの司教たちがローマへ来るように、との命令を出した。

それはきわめて困難な選択を強制するものであった。フランスの司教たちは、彼等の王と、ローマ法王との、いずれに対する忠誠を重しとすべきか……。多くの司教たちにも、すでに国民的《ナショナル》な同一性を重んじる風潮は、次第に浸透して来ていたのである。彼等は双方に対して、その要求を軽減すべく働きかけていた。

がしかし、それは不可能であった。

法王は、再び筆調をやわらげて、『耳を傾けよ、我が子よ』という呼びかけまでをしたが、その内容に変りはなかった。法王位はすべてに優先するものであり、それに対する挑戦は、経済的、社会的、特に霊的な死を招く——破門——ものであることを言い聞かせた。

そうしてこれに対するフランス王側の返答もまた、記録に値するものであった。

曰く、

『法王と称している、ボニファティウスへ。
挨拶は省略する。
貴下の限りなく愚鈍な思い上りに対して、我等は、俗界の案件に関しては、何者にも臣従するものではないことを、貴下に知らしめんとするものである。』
と。

これに対しての、法王の返事。

『我等の先行者は、三人のフランス王を退位せしめて居る。必要とあらば、我等は汝を、あたかも廐仕えの童子の如くに罷免するものであることを、承知せられよ。』

かくて法王は、再び司教たちのローマへの伺候を命じ、今回は破門の脅しが加わっていた。

これに対して、フィリップは、ボニファティウスの犯したあらゆる罪を、事実と想像上のものもこきまぜて数え上げた。聖職売買、男色、長上殺し、同族登用、異端等々。それはありとある悪徳のカタログの如きもので、これをフランスのみならず、全ヨーロッパに提示しようとした。

かくなれば、これはもう挑戦などというよりは、相互に果し状を突きつけたも同然である。

フィリップは、宮廷の顧問法律家との協議を拡張して、これを民衆の間に持ち出した。一三〇二年の四月、フランス国としての、第一回目の総三部会が召集された。聖職者、貴族、庶民から成るこの代議制度は、近代的代議制の前身として、フランス国家形成の基礎となるものであった。多くの司教たちが、説教壇上から法王を攻撃したが、また少からぬ司教たちがローマと絶縁することに反対をした。

ローマはまた、それまでに暗黙の諒解として有していたものを、明示の案件として提示した。曰く、

『救済を得るために、全人類はローマ法王の権威に臣従することを必要とする。』

そうして続けて、地上のすべての俗権は、本来法王の手にあるものであり、これを便宜に諸王、あるいは諸大公に委託することが出来、かつ委託をして来たものであるが、法王が欲するならば、これをおのが手に撤回、収復することが出来るものである、とした。

聖俗の双方に相渉って、法王は絶対君主である。十字架と剣をあわせ持つ者である。……

翌一三〇三年の二月、フィリップの要請によって、少数の王の腹心の者どもが秘密の会合を開いた。これを主催した者は、ギヨーム・ド・ノガレと言い、王の法律及び財政顧問であった。このノガレなる人物は、祝年の祭典に際して法王と会談をしたことがあると称していて、その

とき法王にフランス王との交渉の進め方を改めよ、高飛車な遣り方は、双方に害を与えるだけだ、と主張をしたとも称していた。従って自分にはこの法王と対決する権利がある、と言っていた。このノガレなる男も、毒舌にかけては比類のないほどの才能のあった男であるらしく、前年の総三部会での議論を領導したのもこの男であった。

秘密会議の議題は、言うまでもなく、かの怖るべきボニファティウス対策であり、陰謀策略の作戦会議であった。そうしてこの会議に、一人のイタリア人が招き入れられた。このイタリア人こそが、ボニファティウスによって枢機卿の座を追われ、パレストリーナの町を破壊されて追放された、法王の宿敵コロンナ家のシアーラ、シアーラ・ディ・コロンナであった。彼は法王に追われて放浪をしている間に、一度海賊に捕らわれたことがあったが、フランス王が身代金を払ってパリに住まわせておいたものであった。王の側には、将来、何かの役に立つであろうとの見込みがあったものであろう。

同じ一三〇三年の夏、ローマは、アフリカからの熱気に襲われていた。それは耐え難いほどの暑熱で、ローマ市民でどこかに逃げ場所を持つ者は、ほとんどが逃げ出していた。そうでなくても、市民にとってローマは、元来それほどに愛着の持てる都市ではなかったのである。帝国時代の城壁や石造建築の残骸がいたるところで崩壊して道を塞ぎ、帝国の栄光ある遺趾は、市民にとって迷惑千万なものと化していた。水道や下水設備は方々で途絶し、また埋れてしまっていた。ヴェネツィアにはこの頃すでに、街灯の設備がととのっていたが、ローマの夜は真暗であった。大理石の大石塊や柱、彫像なども乞食、物盗り、殺人者などに隠れ場所を与えた。倒れ落ちた彫像などは、皇帝像であろうが何だろうが、建築の石材にもならなかった。重くて邪魔なばかりである。そうして法王は、ローマの市政などに興味をもってはいなかった。大聖堂と法王庁近辺だけが光り輝いていればそれで足りたのである。

従って法王も、その大貴族たちと同様に、重要な用件がローマにいることを必要としない限り、出来るだけローマ周辺の、おのが勢力下の小都市に住むことを好んでいた。

この夏、法王はローマの東南、コロンナ家の本拠で、法王によって全的に破壊されたパレストリーナの、もう少し南の、アナーニの町に暑熱を避けていた。アナーニは、パレストリーナほどには、古代以来の由緒を持つものではなかったが、それは、何といっても現ローマ法王である、ベネディクト・ガエタニの生地であった。ここに聖堂をも凌駕する法王大宮殿を作り、市民にも豊かに、食糧から道路住宅までを与え、彼にとってもっとも安心していられるところであった。そうしてここから、爆弾の如き教書や書簡が発せられ、これがアルプスを越えてフランスで爆裂していたのであった。

このアナーニの町で法王は、六月十三日にフランス総三部会が第二回目の代議会議を開き、法王を異端とし、罷免のための教会会議、すなわち公会議の召集を呼びかけたことを知った。これに対して、ボニファティウスは、フィリップに対しての、最後の教書を起草した。王はキリスト教社会から追放さるべきこと、フランスの臣民はこの王に対する、如何なる意味での服従義務からも解除さるべきこと、という、破門通告書である。その日付は、先取りをして一三〇三年九月八日、とされていた。

羊皮紙に認められた教書は、法王庁文書官が保管し、布告の日を待つことになっていた。けれども、その布告は、永遠になされることなく、いまもヴァティカンの古文書館に、ただの文書起草案として保存されている。

その教書発布予定日の二日前、九月六日の暁闇、武装した一団の男たちが、アナーニの町の門をくぐって入った。

指揮はコロンナ家のシアーラが取っていた。この年の二月の秘密会議での計画に従って、コロンナ家のシアーラとノガレは夏に入ってひそかにトスカナ地方に忍び込み、法王の敵たちを糾合し、事巧みに、かつ秘密裡に、また急速に、法王に対する包囲網をつくり上げた。フランス王が財政的な面倒を見ていたことは言うまでもなかったが、この法王に対して恨みを持つ者

ども に事欠く筈もなく、多くの場合、金を払う必要さえなかった。法王がもっとも安心していられる筈の、アナーニの町自体にさえ、法王から見ての裏切者たちがいて、致命的な城門をさえ朝まだ暗いのに開けてしまったのである。

ボニファティウスは、当時、言うまでもなく、眠っていた。しかし狭い通りでの、鎖帷子《くさりかたびら》や甲冑、剣のたてる音、また罵りの声などの反響に眼を覚ました。アナーニの夜警の者どもは、ノガレの言った、公会への法王参加のために迎えに来た、という言辞を信じ、あるいは信じた振りをして、如何なる抵抗もしなかった。だからと言って、しかし、ボニファティウスはまったく無防備であったわけではなかった。かかる不時の事故もあろうかと、居城は厳重に守りをかためられてい、各所の指揮は法王の従兄弟たちに任せられていた。けれども、その部下たちがたちまち脱走し、従兄弟たちもだらしなく降伏してしまった。それは、まったく呆気に取られるほどの短時間で、事は決着したのである。また同宿していた枢機卿たちも、騒擾の声があげられると同時に、直ちにアナーニの町から出てしまっていた。

法王は、唯一人、孤独な存在であった。

けれども、法王は、あたかも恐怖なる感情から全的に解除された存在ででもあるかのように、泰然としていた。

シアーラとノガレが宮廷内に入って行った時、ボニファティウス八世は大広間の玉座に、大宝冠を頂き、法王法衣をまとい、金の靴をはき、落着き払って坐していたのである。

二人の殺人者もまた、一時気を呑まれて立竦んだ。法王も、かの彫像そのもののように、一言も発しなかった。

やがてシアーラが短剣を抜いて、広間を大股に歩を進めた。

もしノガレがその腕を抑えなかったならば、シアーラは一刺しに法王を刺殺していたであろう。

別には、シアーラは鋼鉄の手袋をはめていたその手で、法王を撲殺するつもりであった、との説もある。

その日を含めて三日間、ボニファティウスは厳重な監視の下におかれた。ノガレもシアーラも二人とも、かくも容易に法王の身に手を触れることが出来るとは思ってもいなかったかと観察され、如何に処置すべきかに当惑していた、とある記録者が書いている。

結論は、リオンまで鉄鎖に繋いで連行し、そこで裁判にかけようというように決した。

けれども、この頃になって、漸く、まったく遅まきの悔恨にさいなまれ出したアナーニの市民が、侵入者たちに対して起ち上り、シアーラとノガレは、這《ほ》う這《ほ》うの態《てい》で町から脱出した。

法王は再び自由を恢復し、ローマへ連れかえられた。

ここにローマへ戻ったとは書かずに、連れかえられた、と書いたのは、その状況次第がまさにかくの如きであったからである。

囚われ人としての三日の間に、法王の権力そのものと、権力機構それ自体が、思いもかけぬことに、まったく全的に崩壊してしまった。領地を盗み取られたと考えていた敵たちが、あらゆる場所で蜂起し、法王の鉄の意志によって結びつけられていた筈のガエタニ一族は分裂し、法王防衛などはそっちのけで、互いに争いさえしはじめた。法王はすでに法王などではなく、ベネディクト・ガエタニに戻ってしまっていた。

叛乱後の約一カ月、彼はラテラノ宮殿に閉じ籠り、あらゆる訪問者を猜疑の目で見、途方もない復讐計画を練ったりした。

『気が触れてしまった。近付いて来る者のすべてを、彼を捕えに来たものではないか、と恐れた。』

と、ある同時代者が記している。

ジオットオのフレスコ画は、いまでは私に、大祝祭布告のそれなどではなくて、この恐怖と悲嘆に打ちのめされたベネディクト・ガエタニを思わせる。

ローマの巷の噂は、ガエタニは、自分で自分の腕の肉を歯で齧じり取ったとか、石壁に頭を打ちつけて死のうとした、とかと伝えていた。

真実は、自殺などではなく、彼の自然死を死んだものであった、ただ全的な絶望裡に、であった。この法王には、神を信じていたとは信じ難いほどの言動が、あまりに多かったのである。

ボニファティウス八世とともに、最後のローマ皇帝的法王が死に絶えた。


思い出してみるに、この法王は、その戴冠に際して、『汝こそ、地上の数ある王及び大公の父であり、世界の治者であり、永遠にその栄誉を担うべき、救世主イエス・キリストの代理者である』と宣して法王位につき、かつ前任者のケレスティヌスからは、『お前は狐のように法王位に忍びより、ついで獅子のように支配をし、やがて犬のように死ぬであろう。』との予言、あるいは呪いを寄せられていた。

キリストの代理者と帝王的法王とは、共に相容れぬ、別の存在である。どちらをどう削っても一つの者とはならないであろう。ダンテは前者としてのこの法王の運命に対して、煉獄篇第二十歌に悲歌を寄せているけれども、これは先に、同じ法王を地獄の第八圏におとしめたこととは矛盾をしないものであろう。前者と後者は、元来両立せざるものであったから。

ただしかし、象徴として人民の上に立つ者は、如何なる時代と社会にあっても、その度合いは如何ともあれ、前者後者の矛盾に引き裂かれなければならぬ運命にある。

ボニファティウスの没後、きわめて短期間の一継承者を間において、フィリップ四世支配下の、従順なフランス人聖職者が法王に選ばれてクレメンス五世を称し、このクレメンスは一生フランスにあって、ローマには一歩も足を踏み入れなかった。

かくて長きにわたる、教会分裂が発起する。いわゆる『バビロンの捕囚』に比せられる、アヴィニォン法王時代である。法王は一挙にフランス国民国家の王の下にあって、教会の行財政担当長官の如きものになってしまった。

公的《カトリック》かつ普遍の真理と、国民的《ナショナル》な自己同一性との相克抗争であった。そうしてローマの荒廃は、ついに恢復不可能のものとなって行った。なおボニファティウスに対する、死後の異端審問は、判決に到らなかった。

＊　集英社版世界文学全集、ダンテ『神曲』、寿岳文章氏訳

主要参考文献

P. Dupuy : Histoire du Différend d'entre le Pape Boniface VIII et Philippe le Bel. Paris.
Horace K. Mann : The Lives of the Popes in the Early Middle Ages. London.

方舟の人

バルセローナから地中海沿いに南へ約二二〇キロ、エブロ川の大河口地帯を経て幹線道路をはずれたところに、黝《くろず》んだ一大岩塊が海に突き出ていて、細い砂洲によってわずかにエスパーニャ本土と結ばれているところがある。

その名をペニスコーラと言う。三方、紺青の海であり、二六時中いくらかはけぶって見える水平線のかなたに、アフリカの地が見えるかに思われる。

ペニスは、すなわち本体より突出せるもの、そこからして男根の意ともなり、コーラは、末尾、末端であり、依ってペニスコーラとは、突出せるもののそのまた末尾、末端を意味する。

地中海は特殊な気象条件の時を除けば、大旨いつもおだやかであり、ゆったりとしたうねりが、永遠の微醺《びくん》に酔い痴れているかに見えるのである。そのおだやかさの奥に、原始のベルベル人や、ギリシャ、フェニキア、ローマ、アラブ・イスラムなどの集団が、漕ぎ舟や帆走船などを連らね、アフリカ本土沿岸から、この黄金海岸《コスタ・ドラダ》と呼ばれる地を、暴風のように荒らしまくった歴史が盤踞《ばんきょ》しているとは、到底思えないのである。

けれども、この海に突出したペニスコーラ——その岩塊としての大きさは、わが江の島の倍くらいであろうか——の、地中海正面に向っての断崖は、高さが二十メートルはあろうと思われるのに、なおかつその上に高い石垣を積み上げ、その崖が低まって来ている、東と西の内海に面した部分に、弩弓《どきゅう》用の凸凹型をつけられた、二重の石壁が高く組み上げられていることは、やはり海彼《かいひ》からの危険に備えたものであったろう。本土からの攻撃に関しては、狭い砂洲、それも満潮には水にかくれかねないもの一本だけが通路であってみれば、たとえ包囲されたとしても充分にもち堪え得たであろう。

この海中要塞そのものと化した大岩塊の、もっとも高い突端に、長方形の巨大な要塞兼教会の建物があり、中に尖頂型の迫持《せりもち》をもった教会と武器庫と、広い会議室、食堂などがある。狭い石段を降りて行けば、地下に広大な調理室、食糧庫、酒蔵なども備わり、その中央には、この海中にあっては奇蹟的かとさえ思わせる、深い井戸が掘ってある。しかも、その地下一層のそのまた下には、地下牢までがあった。

言うまでもなくいまはすべて廃墟であるが、その縦長な数少い窓から、真昼の、大笊《おおざる》一杯の貴石を青い平面にぶちまけたような燦《かがや》くものを望み、あるいは対岸のサハラ砂漠のようにも赤い夕陽の時を経て、夜に入って目の限り暗黒そのものであるものを見ることは、この殺伐たる石の城塞において九十五歳の生を閉じた、ある途方もない人物の生涯を思わせるに充分なのである。

以上はしかし、本土エスパーニャの側から眺めて、その城塞の窓にまで到達した際の所見であったが、本土から突き出て海中にあるものは、やはり海沖から眺め直してみることも必要であろう。このあたりでチャンケータと称されるフライ用の小魚を採る漁船に乗せてもらい、おだやかな海へ乗り出し、岩も城もひっくるめて灰色の石塊と見えるところまで距離をとってみるとき、誰にしてもとは言わぬまでも、ある人は、おそらく、あっと叫ばぬばかりに思い出すものがある筈である。

汝《なんぢ》松木《まつのき》をもて汝のために方舟《はこぶね》を造り、方舟の中《うち》に房《ま》を作り、瀝青《やに》をもて其の内外《うちそと》を塗るべし。汝かく之を作るべし、即ち其の方舟の長《ながさ》は三百キュビト、其の濶《ひろさ》は五十キュビト、其の高《たかさ》は三十キュビト。又方舟に導光窓《あかりまど》を作り、上一キュビトに之を作り終《あぐ》べし。又方舟の戸は其の傍《かたはら》に設くべし、下牀《したた》と二階と三階とに之を作るべし。……

視《み》よ、我洪水を地に起して……

創世記に言うノアの方舟が、いま水に溢れる地中海の洪水を乗り切ってここにようやく辿りつき、エスパーニャの地に乗り上げたかに見えるのである。

ノアは神の前に義人《ただしきひと》として、人類のうちに唯一人賞《め》でられた人であったが、キリスト紀元一三二八年に生れたこの物語の主人公は、キリスト教世界にあって、義人《ただしきひと》の正反対の評価をえなければならなかった。

その人の名は、俗名ペードロ・デ・ルナと言った。時にはペードロ・デ・ルナ・イ・ソルと呼ばれたこともあった。すなわち、〝月と太陽のペードロ〟である。

ルナ家は、歴史とともに古いアラゴン王国の大貴族であり、その本拠はサラゴーサ市にあった。現在もその城館は当市の裁判所として残っており、その街路に面した、広大な中庭への入口には、二基の、石彫半裸の怪物が石の大棍棒を振り上げ、その門をくぐる人々を、打ち砕かんばかりの勢いで頑張っているのである。

十四世紀と言えば、西欧において封建制国家の制度というものがいまだ確立し得ずして、いわば諸侯が諸方に乱立し、片方が王国を称すれば、別には伯爵領だの、公爵領だのを称し、いずれ劣らず武力に訴え、あるいは嫁や婿のやりとりをしたり、条約を結んでは破り、イギリスが北仏に来襲すれば、フランスはイタリアに押し込み、当のイタリアは左右両隣り、向いや後ろの家とは撲り合いつづきで、エスパーニャにはイスラム教徒の王国が頑として居座って、野蛮なキリスト教徒などとは比較にもならぬ優雅にして艶なる宮廷を営み、ドイツでは蒙昧な騎士たちが森のなかを鹿や猪を求めてさまよい歩いていた。戦さをするとて百姓やあぶれ者たちを募集すれば、その戦さの終了後には、彼等の者たちは野武士と化し、これらの失業野武士団＝野盗軍団が町や村を襲って掠奪劫略、乱暴狼籍の限りを尽していた。

そういうときに、辛うじて全欧的な権威を保っていたものが、キリストの地上における代理者としてのローマ法王であり、その麾下《きか》にある、枢機卿以下の組織になる教会であった。けれども、その法王、あるいは彼が各地の教会を統括するための機関としての法王庁にしても、今日のことば遣いでの現実を一わたり見廻してみれば、肌に粟だつものを感じなければならぬ状況にあったことも否定しがたいのである。教会や修道院だけが広大な寺領からの上りでぬくぬくとしていて、手酷《てひど》い法王にいたっては妾を抱えて私生児を何人も生ませるといったことばかりはしていられなくなっていた。

法王に対する挑戦は、まずフランスで口火を切られた。時世に早く先駆けてフランス王は封建領主といったところから抜け出て、フランス王として、それまでの慣習に反し、諸教会がその領地からの上りをローマに送り出すその以前に、王に先払い、天引きをせよと命じたのであった。つまりは、ここにすでに封建諸領主のその上に立つ者としてよりは、一国家の元首として振舞おうという気配が意識的に、あるいは意識下に働きはじめていて、同じく意識的に、あるいは意識下に、自分の領地・国家に並び立つ権威を認めまいとする国家意識なるものが、その原初的萌芽の状況において生れかけているのを見るのである。人民の霊界をも他ならぬ王の支配下に握ろうという、政治というものにつきものの先駆状況が芽生えている。

法王はこれに対して、破門状を突きつけて状況を破ろう、あるいは守ろうとする。しかもその当の法王が座所とするイタリアはいずこにも劣らぬ騒乱状況にあり、フランス人で枢機卿であったものが法王に選任をされても、ローマまでは到達出来なかったりすることも不思議ではなく、法王庁がフランス南部のマルセィユ港に程近いアヴィニォンに、臨機に座することになったについては、かかる状況が存した。

アヴィニォンそのものは、フランス国領ではなく、ナポリ王国の差配下にあったことも便宜ではあったが、フランス王にとっては、遥かなローマではなく、手近に法王を置いておくこともまた便宜に属したのである。

かと思えば、神聖ローマ帝国皇帝の選挙の方途をめぐってアヴィニョンの合法的法王と対立が生じ、皇帝がローマの市民を広場に集めて、枢機卿による秘密投票による法王選出のことなどの教規一切を無視し、民衆の挙声怒号によって、別の法王、すなわち対立法王を選んだりするという怪事もまたあったのである。世に、簡略化された〝歴史〟書などは、しばしばアヴィニョンの法王たちのみを対立法王、あるいは反法王とするものがあるが、事はそれだけではなかったのである。

しかし要するに、縺《もつ》れに縺れた麻のような乱世は、よきにつけ悪しきにつけ、人間がその全能力を各方面に歪《いびつ》なまでに発揮することを許すものであるらしく、たとえばアヴィニョンに座した法王の一人は、自身の甥の娘の結婚を祝うについて、一大饗宴を催したものであったが、そのときの会食者四千人用の料理材料の細目は、たとえば次の如くであった。

パン・四千十二個、葡萄酒・十一荷、牡牛・九頭、猪・四頭、魚・数えるべからず、鯨・一頭、去勢食用鶏・二百羽、牝鶏・六百九十羽、鴫《しやこ》・五百八十羽、兎・二百七十四、千鳥・四十羽、鵞鳥《がちよう》・三十七羽、鳩・五十羽、鶴・四羽、雉子《きじ》・二羽、孔雀・二羽、その他の小鳥・二百九十二羽、チーズ・百五十キロ、卵・三千個、林檎・二千個及びその他の果物等々。

事の次第がかくの如きであるとすれば、ミストラルと称される、アルプス吹きおろしの北東風の吹きすさぶ、ローヌ河畔の一小都市にすぎなかったアヴィニォン市には、ありとあらゆる職人、商売人、芸人、俗界の、また霊界の顕門貴紳が集り、小都市はたちまちにして破裂せんばかりに膨れあがり、されば嬌声の軒端に響きあう花柳の巷も成立し、聖俗双方の嫖客で大賑いを呈し、悪名もまた天下に轟きはじめたのであった。

法王というものは、特殊な場合を除いて、大体においてあまり過激な改革などをしないであろうという見込みの、しかも老い先のそう長くはないであろうところの者を選ぶことになっていた。だから、何々の持病があるという風評を前以て宣伝しておいた方が有利、といったことさえあったのである。けれども、なかには綱紀粛正を試みたり、ローマへの帰還を企てた殊勝な者もあったが、状況の惰性、惰力というものを軽視する者は嫌われ、またまた大饗宴につぐ饗宴がとり行われ、難攻不落の要塞にも比すべき大法王庁の建設拡充がつづいた。

さればイタリアから移住をして来てこの地で口を糊していた詩人ペトラルカが、ついに憤りを発して、

悲しみの湧く泉、神怒をかう宿り
誤謬を説く学《まな》び舎《や》　異端の聖域。
かつてはローマの地、いまや邪悪バビロン
このありさまを、人は泣き吐息する。

悪だくみの鍛冶場、非情の獄舎《ひとや》。
ここでは善は滅び、悪のみ育ち、
ああ世の人の地獄か、奇蹟のほかか、
必ずや、神の怒りは汝に下らん。

と歎じてみせたのであったが、しかし詩人もまた結構享受すべきはしていたのである。とはいえ、歎きはともかくとしても、一旦本気になって怒り出すと、筆の立つ詩人ジャーナリスト程にも怖るべきものはなく、この詩人が後にローマへ送る書簡は罵詈讒謗《ばりざんぼう》、弾劾文を書こうとする人々のための模範文集となるものである。アヴィニョン即堕落せるバビロンということになってしまったのは、主としてこの詩人の筆力による。

われわれの主人公となってくれる筈の、枢機卿ペードロ・デ・ルナ氏、後に一三九四年に選ばれてアヴィニォンの法王としては九代目にして、同時に最後のそれとならざるをえなかったベネディクトゥス十三世が、三重の法王冠を頭に頂くにいたるまでには、数代の法王によって幾度かローマ帰還の企図があったのであるが、各地に戦乱騒擾が相次ぎ、とりわけてローマそのものにおいての叛乱私闘が最大の障害となった。辛酸の極みにおいて漸くローマに入るには入ったが、この永遠の都市内の騒乱はますます激化し、おまけにイギリス人首領に率いられた野盗軍団もまたイタリアに侵入し、その劫掠もおさまらず、心労の果てに一年そこそこで死んでしまうという破目におちた人もいたのである。その人の名をグレゴリウス十一世と言った。この人は、珍しくただの四十一歳で叙任をしたものであったが、その負荷の重さはついにこの壮年者をも圧し潰してしまった。

「フランス人の法王どもは、ローマの黄金で腹をくちくして来やがった、今度はおれたちの番だ、フランスの黄金を喰い尽してやるぞ」

という叫びがローマ市民の間からあげられたということは、ローマ帰還後の法王選挙が如何なる雰囲気のうちに行われたかを物語るものであろう。この選挙施行の当日に、ローマは猛烈な雷に襲われ、そのうちの一つがわれわれのペードロ・デ・ルナ枢機卿の居室の屋根を直撃したことに、ある種の前兆を見た人々があった。

市民たちの騒擾は次第に極限状況に達し、諸教会の鐘という鐘を勝手に打ち鳴らしはじめ、「ローマ人を！　ローマ人を！　さもなくばイタリア人を（法王に）！」という巷の叫びは、法王庁の奥まで達し、ついには、「気を付けろ、枢機卿どもめ！　ローマに住むローマ人の法王を出せ、さもなけりゃ、手前えらのアタマを、手前えらがかぶっている赤いシャッポよりももっと真赤にしてやるぞ！」という脅迫に変った。

しかし法王選挙会に出席していた枢機卿は合計で十六名、その内訳は、イタリア人四名、アラゴン人一名、ジェノア人一名、残り十名がフランス人であってみれば、如何に外部からの脅迫があったにしても、容易には決まらぬ次第である。

「居酒屋《キャバレ》の親父を選ぶんじゃないぞ！」と吹鳴った枢機卿もいたのである。また窓から首を突き出して、脅声を張りあげる群衆に向って、「このローマの豚どもめ！　われわれの頭を打ち割るつもりか、黙れ！」と怒声を発した勇気ある枢機卿もいた。そのうちに群衆は——その大部分は泥酔していた——法王庁に雪崩を打って押し込み、奥まった選挙会場の入口にまで殺到した。

「ここで死ぬなら本望だ」

と静かに呟いたのが、ペードロ・デ・ルナ卿であった。

彼らは一人の法王を選ぶには選んだ。けれどもそれは前代未聞の騒擾の中でであって、選ぶや否や枢機卿たちはローマを逃亡し、彼らの持ち家は群衆の掠奪に任せられた。

たしかにローマ市民、あるいはその暴民の望む通りに一人のイタリア人法王が、選ばれるには選ばれた。そうして叙任の式も、とにもかくにも行われてその人はウルバヌス六世と呼ばれることになる。けれどもかかる異常な選ばれ方をした法王のもとにあって、万事はしこりだらけなことも致し方あるまい。法王は枢機卿に対して途轍もない悪態をつき、枢機卿会議の席上で喧嘩がおっぱじまり、ある枢機卿が別の枢機卿の頬桁を平手打ちにぶっ叩いた。かくて枢機卿たちは主流派と非主流派に別れ、双方が双方に対して選挙無効を宣し、別にクレメンス七世なる法王を選ぶ。双方が双方に対して破門を申し付ける。

所謂、教会大分裂である。

クレメンス七世の方は、イタリアを去ってアヴィニォンに戻る。

かくてヨーロッパの霊界は二人の法王を頂いて大分裂をする次第になるのであるが、ここで注目すべきことは、ローマのウルバヌス六世を支持した方に、後に宗教改革を受け入れてローマと縁を切ることになる国々があったことであった。

さもあらばあれ、二人の法王、ということになれば全世界の霊界の支持を一人に集中させるためにはローマに座することが第一条件であり、そのために陰謀、脅迫、買収、戦争などありとあらゆる手段を尽す必要がある。イタリアは小国のごちゃまぜであり、フランスにはフランス王ありといえども、大公だの伯爵などという者共もが肩肱を張っている。

様々な軍隊がローマ、ナポリ、ジェノアあたりを出入りし、荒れまわり、ウルバヌス六世はローマに座し切れなくなって少数の自派枢機卿を引き連れて脱出し、中部山脈地帯を放浪してアドリア海から船に乗り、イタリアの〝長靴〟の踵を周航してジェノアに来てみたりもしなければならなかった。しかもその彷徨の途中で、老いと病いにさらばえた老枢機卿を一人、始末に負えなくなって短刀で刺し殺したりもした。またジェノアの町に到着した時には、六人に減っていた枢機卿を鉄鎖につないで立ち現れ、人々の眼を瞠らしめた。しかも、この町にも居られなくなって町を出る時には、枢機卿はたった一人になってしまっていた。あとの五人はどうなったのか？

伝説は言う、五人は皆殺されてしまい、塩漬けにされ、乾燥させられて竈《かまど》に放り込まれ、骨灰として衛生無害のものとなり、カバンに詰めて携帯用のものとされ、かくて法王はその枢機卿らを手許に手なずけた、と。

流浪の法王は、一三八九年十月十五日に死し、大分裂に終止符が打たれるかに見えたが、ひとたびこじれにこじれた事態は容易に元の鞘に収まるものではなく、また、歴史は次第に国民国家に近いものを形成して行く趨勢を見せていたとすれば、国家利害ということがその間に太い楔《くさび》を打ち込みはじめるのである。

ローマには、新たにボニファティウス九世なる法王が出現し、アヴィニォンではクレメンス七世が死んだが、統一の談議はつねに不調に終らざるをえなかった。

かくて漸くわれわれのペードロ・デ・ルナ卿の登場を見る。

一三九四年九月二十八日、アヴィニォン法王庁において満票に一票のみ不足という票数で、卿はベネディクトゥス十三世となるのである。この法王――カトリックの歴史においては〝対立法王〟と呼ばれている――は、現在のアヴィニォン大宮殿の壁に掲げられている肖像画で見る限りにおいては、背は低く、ほっそりとして華奢な体格であって、しかし、その顔貌は知的かつ鋭い判断力を示していると見られ、是と信じたならば断乎として譲らず千万人と雖《いえど》も、といった強靭無類の面構えを示している。

歴史が、如何に国民国家形成の方向を辿っているとはいえ、ローマとアヴィニォンに、霊界の王が二人分立されていたのでは、矢張り困るのである。俗界のことは国家という便宜ではからうことが出来ても、精神は便宜によることが不可能であった。ましてこれがキリストの権威の地上における代理者であってみれば。

そこで次から次へとさまざまな教義会議や、フランス、イギリス、カスティーリァの三国大使会談や、例によって脅迫、買収、陰謀などの数々が行われたが、解決に到らず、フランスが支持を撤回しても、当然なことにベネディクトゥス十三世は、「たとえフランスが従わずとも法王は法王なり」、と宣告して譲らなかった。アヴィニォンは法王領ということになっていたとはいえ、それはフランス国王領内の孤島にすぎないのである。

政治と精神の世界との妥協、非妥協の歴史は、遠くギリシャ以来のことではあったが、それがあからさまに国家の形をとって蔽いかぶさって来たのは、この時に端を発していると言ってよいであろう。様々な出入りがあっての後に、ついにアヴィニォンは数万の軍に包囲され、枢機卿たちも分裂し、法王は一三九八年の春以降、五年間もその要塞を兼ねた宮殿に閉じ籠り、その間、大弩弓による石の弾丸による攻撃、火箭、爆破、下水道からの攻撃、糞尿攻め等にも耐え抜いた。塩漬桶におさめられた肉がなくなれば、猫も鼠も捕えて料理され、法王は猫や鼠よりも雀の方が好ましいと言っていた、と伝えられている。焚くに薪がなくなれば、天井の材を叩き落して用い、大宮殿に屋根のないところが方々に出来《しゅったい》した。

この頑固一徹、強情我慢のアラゴン男は、彼の郷里に〝アラゴンの奴等に釘をやってみろ、奴等はトンカチではなくて、自分のアタマで釘を打ち込む〟という言い方があったように、如何なる俗界の権威からの辞任要求にも断乎として応じなかった。しかもこの頑固一徹、強情我慢の男はついにフランス国内の分裂を生み、この期に、一四〇三年三月十一日の夜半、ひそかに平僧に仮装をして宮殿を脱出し、ローヌ河を下って行くその道中にあって、先に彼に叛旗をひるがえした枢機卿や領主たちを再び傘下に収め、彼らが平伏し、足に接吻することを許してマルセィユに入るのである。しかもこのマルセィユにおいて、彼がローマのもう一人の法王に大使を送って会談をすべく申し入れたことは、彼がただの頑固強情男ではなかったことを示しているであろう。

けれどもローマにいたもう一人の法王は、これを降伏と解し、永久投獄を命じたりするのである。それでもアヴィニォン方は談合を諦めなかったが、ローマ方は突然頓死してしまい、またまた別の法王を選出する。これがまた二年足らずで死んでしまい、その次なる者が今度は彼の方から和解談合を求めるが、この者は自ら求めながら疑心暗鬼にとらわれて事毎に躊躇逡巡し、両者はイタリアとフランスの国境いの小さな村で鬼ごっこのようなことをして、時日を徒費していた。

かかる間に、フランス国はパリ大学を中心とした国家公会議を開いて、両法王とも、双方とも認められぬ、と通告をし、ベネディクトゥス十三世は破門状を送付し、パリ大学はこれを公衆の面前で引き裂いた。鬼ごっこを諦めたベネディクトゥスはアヴィニォンの近くのペルピニアンに公会議を招集し、ここで双方とも譲位によって問題を解決しようというに近い結論が出され、再び談合が求められたが、他方のローマ方もまた対抗上ピサで公会議を開催し、ここでは二法王ともに廃位処分にするという結論が出され、しかも廃位処分にするならばそのための理由が必要であるということで、最小限彼らを異端者であるとでもしなければならなかった。妖術使いだの魔法だのというお化けが引き合いに出された。人の愚劣さにも底はないのである。しかもこのピサの公会議は、双方の廃位を決議するだけではなく、新たにアレクサンデル五世なる者を選出してしまったのである。

これら二つの公会議は、もともと、ともにその正統性、権威に疑問なしとはしなかったのであり、参加者にも疑念はつきまとっていた。しかも片方は新法王までを選び出した。

かくて三人目の法王が誕生し、しかも三人が互いに三人ともを、これを選んだ枢機卿ともどもに破門にしてしまったのである。

三人の法王……。

統一を願った挙句でのことがこのざまであれば、これはもう法王職の大安売りというものである。

ところが三人目の新法王は、十カ月後に忽ち死んでしまい、またまた今度は新たなる三人目としてのヨハネス二十三世なるものが出て来てフランス国がこれを支持することとなり、あまつさえフランス国はこの法王をアヴィニォンに連れて来ようとした。アヴィニォンの宮殿要塞はこの頃、ルナ家のロドリーゴ・デ・ルナなる者に委ねられ、修復補強されて守られてい、再び包囲戦がはじまり、二年間も籠城して勇戦奮闘をした。この間、ベネディクトゥス十三世は、バルセローナにいたものであった。当時、バルセローナには黒死病が猖獗《しょうけつ》をきわめていたのであったが、法王の到着とともにおさまり、この法王は聖人として崇められた。

かかるあいだに、ドイツにおいてジギスムントが皇帝として選ばれ、彼は神聖ローマ帝国皇帝でもあったため、その即位を、唯一にして真のローマ法王の手によってなされることを望んだ。それは無理からぬ要望であった。

かくて、歴史に著名な、コンスタンツの公会議が一四一四年十一月一日から開始されたのである。会議はヨハネス二十三世の名によって開かれたが、会議の第一議題は開催者である、当のヨハネス二十三世自身の廃位問題であった。はじめ彼は自身が正統なる者と認められると信じて疑わなかったのに、風向きがおかしくなって来たため、二度にわたってコンスタンツから逃げ出し、二度とも連れ戻されてしまった。そうして翌年の四月にとうとう退位せしめられ、三年間も投獄され、退位証書に署名を強制させられてしまった。公会議としても、ヨハネス二十三世としても、あまり名誉な結末とは言えないであろう。

これで、しかし、一人、片づいた。

次はグレゴリウス十二世である。この法王は前者の惨《み》じめな末路を知って、自ら退位証書を送付し、その代償に、甘い葡萄酒で知られるポルトガルはポルトォの豊かな司教区を貰いうけた。こうなればこれはもう取引きというものであろう。

さて、最後に残ったのは、わがベネディクトゥス十三世である。これが如何に難物視され、かつ最後のアヴィニォンの法王としての相応の尊敬を得ていたかを示すのは、ジギスムント皇帝自体が、バルセローナに近い西仏国境の町ペルピニアンまで出掛けて行っているという事態であろう。皇帝は法王の前に平伏して、新法王選出の選挙会を開くために、退位されんことを、と懇願をした。

けれども、八十七歳の老齢にしていまなお眼光炯々《けいけい》たる法王は、沈着冷静かつ不撓不屈の意志の力をもって、自己のみが唯一にして真正なる法王であること、また自己以外の如何なる枢機卿も法王を選出するについての正統性を欠いていることを、諄々《じゅんじゅん》として皇帝に説き聞かせた。後者の枢機卿の正統性問題に関しては、ベネディクトゥス十三世の方に理があった。いまや大分裂以前から枢機卿であり続けていた人は、彼一人を除いて他に誰もいなかったからである。新法王を続々として選びつづけている、その他の、枢機卿を自称する人々は、いずれも大分裂以後に任ぜられた人々であった。

話し合いは、一四一五年七月十八日から十一月十一日まで、蜿々として続けられた。その間に威迫、陰謀等々が双方によって陰の部分で行われたことは言を俟《ま》たない。

話し合いは、結論を得ず、失望させられた皇帝は傷心を抱いて十一月十二日、再びコンスタンツへ戻って行った。

神聖ローマ帝国皇帝は、俗界の王者であり、ベネディクトゥス十三世は、地上におけるキリストの代理者であり、精神、霊界の王である。

一刀両断の結果をもたらすことの出来なかった皇帝を迎えたコンスタンツの公会議は、しかし、いつまでも事を放置するわけにも行かず、またベネディクトゥスの頑固一徹な執心が、民衆の目に真実の法王として尊敬すべきものとして映りはじめることを恐れ、二回にわたってコンスタンツへの出頭命令を発した。まず弁明を聞こうという態度の表明であった。世論というものが、一つの要素として世に出て来はじめたのである。

コンスタンツ公会議で得られるであろう決定は、教会それ自体のそれであるよりも、むしろ国際政治上の結論であるであろう。

この間、俗界の政治状況は、次第にベネディクトゥス十三世に不利に傾いて行った。ドイツはもとより、イギリス、フランスの支持もえられなくなり、かつてサルディニア、コルシカ、シチリアの領有権をこの法王によって認めてもらった、生れ故郷のアラゴン王までが、彼の許を去って行ってしまったのである。従ってイタリアにおける如何なる支持を得ることもまた不可能になってしまっていた。かくなればもはや孤立無援である。

並大抵の者であれば、ここで事終れりと覚悟を決めるところであろう。コンスタンツ公会議は、さらに有利な取引きを申し出て来た。が、言うまでもなく、二度の出頭命令も取引きも断乎として拒否され、加えて、二度目の拒否に際して、ベネディクトゥス十三世は、おのが法王位に賭けて、皇帝ジギスムントをも含めてコンスタンツ公会議自体のみならず、全世界、全人民を破門する、という往古未曾有の破門状を発した。

破門されたコンスタンツ公会議は、しかし、一四一七年三月八日から七月八日まで四カ月間の協議を経て、背誓、分離主義、済度しがたき異端の者という名目を投げつけ、ベネディクトゥス十三世の廃位決定を行った。

その時すでに、ベネディクトゥス十三世・ペードロ・デ・ルナは、ペニスコーラの、三方を燦爛《さんらん》として輝く海に囲まれた岩塊上の城塞に移っていた。そうしてコンスタンツ公会議からの、黒衣の使者三名が、バルセローナ街道から海岸づたいに近づいて来るのを眺めながら、

「公会議の鴉《からす》どもが来たぞ」

と呟き、彼らを城塞内に受け入れて引見し、その長々しい廃位通告の朗読が終るのを待って窓に近づき、泰然として広濶な海をいっとき眺めわたしたあげく、身をひるがえして訪問者たちに視線をおとし、声も荒げずに、

「此処がノアの方舟なのだ！　Hic est arca Nohe！」

と言った。

悠然として、唯一人、海中のノアの方舟に座して、ベネディクトゥス十三世は、一四二三年五月二十三日、九十五歳での死の日の至るまで、世界で唯一人の真のキリストの代理者として方舟の舵を握りつづけたのである。

引用したペトラルカの詩は池田廉氏訳。

資料

Dominique Paladilhe : Les Papes en Avignon.

Alec Glasfurd : The Antipope.

傭兵隊長カルマニョーラの話

――傭兵や外国人補助部隊は、二つながらに無益であり、かつ危険なものである。もし如何なる君主にもあれ、その国家の基礎を傭兵に置くとすれば、彼はその国家を、堅固なものにも安定せるものともすることは出来ないであろう。(『君主論』)

ニコロ・マキァヴェルリのこういうことばを眺めていると、近世以前の国家というものの、人間それ自体のようにも、つねに不安定と危険性を孕んだ、斬れば血の出る生きた面貌が身近に浮び上って来る。

それに比べれば、国民軍を持った近代国家というものの当り前さ加減は、ある種の機械のようにも色褪せた、味気ないものに見えて来る。

また、ミラノのヴィスコンティ家の末裔のつくった映画などを見ていると、ミラノだけではなくてイタリア全体の歴史に、五百年ほどにわたって見え隠れするヴィスコンティ家の人々の、いずれもおどろおどろしい活動が思いあわされて、血の臭いのする古きヨーロッパのことが身に蘇って来ることを感じる。

北イタリアは、北涯にアルプスという天井はあるものの、その天井の下は、これといって境界を定めてくれる、自然の障害のようなものは皆無なのである。川はあっても渡渉、あるいは架橋や渡船の出来ぬような大河はなく、山もまた、アペニン山脈にしても高くて一四〇〇メートルから一七〇〇メートル程度のことであり、峠道や谷間の道は四通八達とまでは行かなくても、軍隊の通過の妨げとはならない。

しかもそこに位置する諸都市、ミラノ、フィレンツェ、ピサ、ベルガモ、ヴェローナ、パドヴァ、ボローニアなどのすべてが、長きにわたる都市国家としての独立した歴史と伝統をもっている。そうしてそれらの全体を支配する封建制度が成立したことは一度もなかった。かくあれば、諸都市はおのおの国家として自衛手段を講ぜざるをえず、またこの場合、自然の守りに頼ることが出来ないとすれば、自衛とは他の都市へ攻めて行き、相手の都市そのものを攻め落すのではなくても、その所有し支配する土地をつねに拡大していなければ、自然、後込《しりご》みをして都市の城壁内だけに収縮して行かなければならない。

かくて城壁内だけに収縮してしまったのでは、すなわち包囲されてしまっては、いつかは降伏をしなければならない。石の、巨大な城壁といえども、難攻ではあっても不落ということはありえないのである。城壁攻略のための技術は、中世ヨーロッパにおいてもっとも発達した先進技術であった。

しかし守るにも攻めるにも、兵隊が必要である。といっても十四、五世紀当時のヨーロッパで人口十万を越えた都市はパリ、フィレンツェ、ヴェネツィア、ジェーノヴァくらいのものであり、その子弟を戦争で失うには、その血はあまりに高価であった。

となれば、ここに登場するのが傭兵であり、それを請負う傭兵隊長（Condottière）である。しかも傭兵の予備軍たるべき飢えた人々は、北ヨーロッパの灰色の空の下に、年の半分は寒さに慄えていなければならない土地に、充ち溢れていた。つい手近なところではアルプスの山のなかから、槍をもった兵隊が来てくれたし、遠くスコットランドからさえ、弓矢を得手とする連中が来てくれた。ヴァティカン法王庁の番兵は、いまだにスイスから来ていて槍をもって立っている。

また四回にわたった十字軍からの帰還兵士たちは、アルプスの南に陽光にみちて暖かい、暮しやすいところがある、米と麦の交代二毛作、血のように赤い果汁にみちたオレンジはたわわになり、女もつねに軽衣で美しいという情報を、雨と霧と雪とに空をとざされた北ヨーロッパに伝えていた。

ここにもう一つ、その子弟の血を惜しむことは言うまでもないとしても、相対的にも絶対的にも、どうしても傭兵に頼らざるをえない、きわめて特殊な、一国家があった。

ヴェネツィア共和国がそれである。

ヴェネツィアは、周知のように、水の上に浮いた都市であり、国家であった。

それは如何にも異常な要件の上に成立したものであった。その異常な要件は、人間的要件においても、またその成立の物質的要件においても、いずれ劣らぬものであった。

第一に、魂を吸い込むような緑青色をもつアドリア海からヴェネツィアの潟へ入って来た舟人は、その水の色のどす黒く、たとえ夕日に照らされていたとしても暗澹として動きもせぬ水の在り様に、ある種の暗く、悲哀にみちたもののあわれを感じる筈である。あの光りに充ちて華麗な画風をもったヴェネツィア画派のなかの誰一人として、この潟の寂しい瘴気をひめた風景を描いたものがいないのも自然なのである。水は浅く動きが少く、ここに注ぐいくつかの川泥のせいで、しっかりした底がなく、島といっても砂洲程度のものであってみれば、水の流れ方と潮の満干によっても砂洲は移動し、それは水鳥とマラリア蚊にとっての、好個の棲息地であるにすぎなかった。唯一の可能性は塩田と漁撈であった。

人が住むには如何にも異様な土地、いや、潟であり、沼沢地であった。人々をここへ誘い込んだものは、恐怖、であった。

北イタリアのあの豊かな土地を捨てて、瘴気にみち泥臭のする水のなかへ——少し荒く掻きまわせば、たちまち水は濁り、汚泥の臭いがたちこめて来る——人々は、左様、逃れて来たのであった、恐怖に追われて。

如何なる恐怖があったか。北方の蛮族である。五世紀のはじめにアラリック王にひきいられたゴート族が掠奪と放火を繰りかえして南下して来、トリエステをその懐《ふところ》にもつ豊かなイストリア半島を、またヴェネツィア地方を劫略した。ゴート族だけではなく、中央ヨーロッパの飢えた蛮族たちは、現在のオーストリアやティロルのアルプスから、雪崩のように急坂を駈け下りて来つづけた。四一〇年にはローマはアラリック王に蹂躙されるにいたった。

人々は山頂——山があれば——や洞穴などに逃れた。逃げ切れなかった人々は惨殺された。潟の中の砂洲に逃れよう、と考えるにいたったことは自然であった。中央ヨーロッパの諸蛮族は、多く海を見たこともなく、舟をあやつることなどは考えたこともなかったであろう。ヴェネツィアのある古文書には、紀元四二一年の三月二十五日正午に、あたかも筆の一刷毛によって成立したかのように書いているものがあるが、事情はそう簡単ではなかった。四五二年には、ゴート族よりももっと恐るべき、フン族・アッティラの劫略が開始された。つづいて……。

掠奪、放火が終り、蛮族が遠くへ去ると、またもとの村や町の焼け跡へ帰る人々も多くいた。しかしこの砂洲にとどまって、塩を作って売り、また塩魚をアルプスの斜面の人々に売る人々も出て来た。ついで、外洋をどうにか航行出来る船が作られる。

はじめの頃は、砂洲や泥土を樹木の枝のしがらみで囲い込み、かつ固め、その上に草葺きの小屋程度のものを設けて住んでいたようである。そうしてこの砂洲の人々は、北イタリアの本土を、terra firma ——すなわち直訳をすれば、固《かた》い土地、あるいは動かぬ大地、と呼んでいた。それはまことにさもありなんと思われる、ある種の悲哀の感をさえ喚起するような呼び方である。

この砂洲の民は、ローマ帝国の衰亡をさえ、余所目に見て生業に励んだ。製塩、造船、貿易である。その目は、イタリア本土よりもむしろ、ダルマティアと呼ばれた現在のユーゴスラヴィア、アルバニアの諸地方と、それを更に南へ越えて行ったギリシャ、ビザンティウム、すなわちコンスタンティノープルから更に黒海へ、また中近東、アレクサンドリアを見ていた。シルク・ロードに手が届くにはさしたる時日を要しないであろう。ヴェネツィアは歴史の一時期に、イタリア本土よりもむしろ、ビザンティウムの出島であった。

人が人に対する恐怖によって一都市、一国家を形成し、しかもそれが歴史にも稀にみるほどの財貨を持ち、建築史上の奇蹟と呼ぶべきほどの記念碑的なものを、水の上に集中したのであった。

先にヴェネツィアは水の上に浮いた都市であり国家であった、と書いたのであったが、しがらみで土止《とど》めをする原初段階の次に来たものは、砂洲や沼地に杭を打ち込み、その杭の上に石を置いて建物の基礎にするという方法であった。石の上に石の建物が築かれるのに違いはなかったものの、その石の土台の下は杭であった。

軟泥の中に杭を打ち込み、そのおのおの杭と杭は身をすりあわせて打ち込まれ、切り口が平らに揃えられてはじめて、イストリア半島からもたらされた石の土台が置かれるのである。従ってヴェネツィアの基礎は、この数億本、いや数十億か、その無数の杭の大森林、あるいは密林であり、これがきつく固めて打ち込まれているために、水による腐蝕が逆に食い止められ、ある部分は化石のようになっている。ヴェネツィアの多くの家々は、千年以上も前に打ち込まれた杭の上に現在も建ち上っているのである。そうして二十世紀の今日もまた、この方法はコンクリートのそれと併用されている。リド島で杭を打ち込んでいた職人がコンクリートは三十年で腐蝕が来るが、密集して打ち込まれた杭は永遠に保《も》つ、と私に言ったことがある。千年前に打ち込まれた、杭の上にある家々が健在であるとすれば、それは人間のこととして、まさに永遠と言っていいであろう。

サン・マルコ広場――これもまた密集した杭の大森林の上に在る――の船着場から対岸に望まれる、巨大なサンタ・マリア・デルラ・サルーテ教会は、一六三〇年から五七年間をかけて建てられたものであったが、記録によると、この基礎には一一五万六六二七本の杭が打ち込まれている、という。

サン・マルコの大聖堂も、共和国総督府も、またあの背の高い鐘楼も、すべては杭の上に乗っているのである。そう思って見られれば、鐘楼だけを除いて、他の建築物の背丈がほぼ一定していることに気付かれるであろう。杭のための荷重が考慮されているのである。

鐘楼は二十世紀のはじめに、一度崩壊した。基礎の杭に、不整現象が起きたからである。

沈下現象が起るのは当然であり、現在では沈下はやや止まっているとのことである。モーターボートのスクリウの起す水の攪拌が、この都市によかろう筈もないが、ゴンドラだけでは二十世紀の用が足せないことも事実である。

これらの杭用の材木は、主として落葉松であったが、それは、ではどこから来たか。アルプスの斜面はもとより、ダルマティア地方、ギリシャ、レバノン、クレータ島、キプロス島等々、ヴェネツィアはアドリア海とエーゲ海などの島々や、沿岸地方の野と山をほとんど裸にしてしまった。現在の日本がフィリッピンやインドネシアなどの山々を裸にしているのにも、さも劣らなかった。

恐怖によって胚胎した水上の都市が、打ち込まれた無数の杭の上に成立して、そこに史上にも稀に見るほどの財貨を集中した。一一二四年にはこの都市はすでに街燈の設備をもち、夜の闇から救い出されていた。それはヨーロッパでもはじめてのものであった。

しかし、人は胡椒だけを食べて生きることは出来ない。まして金も絹も食料ではない。ビザンティウムのモザイクもまた、如何に華麗典雅であっても、これを食べることは出来ない。パラッツォと呼ばれる、大きな建物は小さな庭をもっている——大きな建物でなければ小さな庭ももてない——かもしれないが、それは畑ではない。

畑、田、牧場——農業と牧畜だけは terra firma すなわち大地らしい大地でなければ出来ない。庭に一本のオレンジの樹を植え、そのまわりを薔薇で飾ったとしても……。

食料は魚介類だけを除いて、すべてを terra firma から移入しなければならない。従ってその地が敵性のものであってはならないのである。この海上都市の封鎖は困難ではない。極端なことを言えば、出口の狭い海峡に鉄鎖を一本張ることだけでも、船舶の出入りは不可能となる。

ヴェネツィアはその盛期を通じて、ビザンティウムとこそつねに親交をもち、その親交の度合いと在り方を地中海側のジェーノヴァと争って来た。海戦も何度か戦っている。けれども、イタリア本土の政治と戦争に関しては、出来るだけ身を浮かして深入りをしないようにして来たのである。食料と、全ヨーロッパへの商品のための流通経路、少くともポー川の航行権と、西方ロンバルディアとアルプスへの通路の安全が確保されれば足りたのである。すなわち、生きるための主要な手段は、外交であった。ヴェネツィアから派遣された外交官の、諸宮廷、都市、また戦陣から、さらにとりわけて法王庁からの秘密報告は実に尨大、かつ詳細をきわめ、ときには法王や、王と王妃の性生活にまで及んでいる。そこまでの配慮が必要であったのである。かくてこの共和国の歴史を少しでもひもといてみるとき、北イタリアの各都市との同盟条約や平和条約の数の多いことに目を瞠らされる。それは〝条約〟なるものが、如何に簡単に破棄されたかを物語るものであり、平和は短く、その中間の期間は、ほとんどが戦争なのである。

なぜ戦争か。

あらかたの国家の場合とは反対に、ヴェネツィアは、本土に植民地を持たなければならなかった。本土を植民地化しなければならない、食料はそこにしか生産されなかったのであるから。その本土が北イタリアであれ、ダルマティア地方であれ、ギリシャであれ、それは問うところではなかった、船による輸送は得意とするところであったから。けれども、それが北イタリアにあるに越したことはなかった。

しかしその北イタリアは……。

ヴィスコンティ家の盤踞するミラノをはじめとして、ジェーノヴァ、フィレンツェ、ボローニア、ヴェローナ、パドヴァなどは、ほとんどその歴史のいつを取り出してみても、同盟、戦争の連続であった。その戦争には、フランス、ドイツ、ブルゴーニュの軍隊までが顔を出して来ることも珍しくはない。ヴェネツィアは、たとえば一三三九年の戦争と条約によって、パドヴァを含んでその東北一帯を共和国支配下におき、その海外植民地とともにヴェネツィア帝国と称しても過言ではない時期をもったことがある。しかしそれも長くは保《も》たなかった。いずれにしても、国境なるものが、アルプスの天井以外にははっきりしたためしがない。また条約は、ほとんど裏切り、裏切られるために結ばれたかの観があった。

裕福なヴェネツィアは、つねに嫉視の的であった。シェイクスピアの『ヴェニスの商人』は、ユダヤ人金貸しに対する反感というよりも、いわばヨーロッパ全体の、ヴェネツィアに対する世論の表明でもあった。

また恐怖によって立ったこの都市が、九回乃至は数え方によっては十回にわたる、複雑きわまりない、というよりはあたかも手品のような、途方もなく神経質な選挙制度をもち、同家族から続けて二人の総督を決して出さないという、世襲による権力の独占を避けた、民主制度を維持しようとしたことも興深いことの一つである。封建制度、世襲制度もまたある種の恐怖にもとづくものであるかもしれないが、その逆もまた真なのであろう。

各人が政治的決定に一言をもつ共和政体のこの国が、本土に植民地をもち、そこでも共和制を維持する。かくて戦争が勃発した場合——それは二年に一回は起るものと考えなければならなかった——、郷土都市の防衛は市民が担当したとしても、他の強力な敵都市への攻撃は誰が行うか、行うべきか。

そこまで行く以前に、もう一つ、このアドリア海の星とも言うべき、またコンスタンティノープルの姉妹都市と言っても過言でない筈の都市が、いったいどれほどの富をもっていたものであるかを知ることは、ヴェネツィアに対するヨーロッパの世論を知るための役にも立つであるろう。ここに引用するものは、六十二代目(一四一四年—一四二三年)の総督のトムマーゾ・モンチェニゴ氏の死の床における遺言をかねた、施政演説の一部である。

……パドヴァ、ヴィチェンツァとヴェローナとの——また戦争があった——戦いから生じた一千万ドゥカートの市民への借金を、この間(わが施政の間)に、六百万ドゥカートに減らした。またわれわれの対外貿易は、一千万ドゥカートに達し、二百万ドゥカートを下らざる利潤をもたらした。ヴェネツィアは現在、三千隻の小型輸送船と、これに乗務する一万七千人の水夫、三百隻の大型輸送船と、八千人の水夫をもっている。更にわれわれは、四十五隻のガリー船(櫂を使う大型帆船)に、一万一千人を乗務せしめている。また造船所には、三千人の船大工と、同じく三千人の船板の継ぎ目に槙皮を充塡する工員を雇っている。市中には三千人の絹織工と、一万六千人の粗布織工をもつ。市の家賃収入は、七〇五万ドゥカートにのぼる。

かくの如くして推移すれば、市の繁栄は更に増大し、キリスト教世界——コンスタンティノープルとローマの双方を意味するであろう——のすべての黄金は、諸君のものとなるであろう。されば、諸君がかく欲せられるであろうように、戦火を慎しみ、また他人に属するものに手を出さず、不正なる戦争を避けられよ。如何となれば、かくの如き誤りにおいては、神は諸公を支持されないであろうからである。トルコ人との戦いにあたって、諸君は勇武を轟かし、海戦の士としての名を挙げた。六人の提督は、それぞれに有能な艦隊司令と、百隻のガリー船に乗務するに足る、練達の水兵をもっている。また外交官、行政官にも不足はしていない。諸科学における博士、殊に法律学に関しては、諸外国から照会と判断を求められることも屢々である。また毎年、われわれは一百万金ドゥカートと二十万銀ドゥカートの貨幣を、鋳造している。

されば、この都市の没落することなきよう、諸氏におかれては、わが後継者の選択を誤らざるよう努められたい……。

この遺言をかねた、一一八代に及ぶヴェネツィア総督のなかでも慎重かつ有能であった総督モンチェニゴ氏の施政方針のなかで、非常に特徴的なのは、水上の都市国家として財政、産業、運輸、海防などに触れていることは当然としても、そこに陸戦の必要が生じたときに如何にするかについての言及が、一言もないことである。こと海戦に関してはジェーノヴァ海軍に劣るものではなかった。しかし本土での陸戦に、四十五隻のガリー船が何の役に立つか。合計で三万六千人に達する水夫たちが陸戦に転用出来るのかどうか、陸戦用の武器はどうするのか。金にだけものを言わせるつもりであったのか。

財政のゆたかさについては言う必要もないとしても、また当時のドゥカート貨については、専門家の間でも値踏みが違うのでそれについては避けることにするが、それは当時のヨーロッパの、ローマの法王庁をも含めて、如何なる宮廷も及ぶものではなかった。人口は二十万に達し、当時としてヨーロッパ第一の都市であったと推定する学者もいた。輸送手段の乏しい時に、二十万の人口を養うことは容易ではない。

ヴェネツィアに直属する陸軍はなかったのである。あっても仕方がなかったかどうか、そこまでは言えないにしても、事実として、それはなかった。

傭兵である。戦争請負人としての、また傭兵手配師としての、傭兵隊長 Condottière が登場する。

総督モンチェニゴ氏が死の床にあったとき、ヴェネツィアは一つの危機を迎えていた。

その危機は、ほとんど例によってと言いたくなるほどにも恒常的なものであったが、危機であることには変りはなかった。ミラノのヴィスコンティ家のフィリッポ・マリアがジェーノヴァを制し、傭兵を掻き集めて力を増し、南下してフィレンツェへ行くか、それとも東方ヴェネツィアの領地へ向うか、と考慮をしていた。勢力圏はこれを絶えず拡大をしていなければ、他に削り取られるにきまっていたからである。一四二二年の五月に、フィレンツェは北方からの明らかな危険を感得して、他の諸都市とともにヴェネツィアに同盟を求めた。ところが当のヴェネツィアは、ハンガリーとボヘミアの王であり、神聖ローマ帝国皇帝をかねたジギスムントからの脅威を抑えるために、三カ月前にミラノと相互安全保障条約を結んだばかりだったのである。そうして当のジギスムント王はまた、バルカン地方の南からすでに北上を開始していたトルコ軍の脅威におびえていた。トルコ軍が南から押し上げて来ると、ハンガリーからジギスムントは北イタリアへ入ろうとし、一方ヴィスコンティ家は南へも東へも、可能なところならどこへでも押し込んで行こうとする。諸都市の特命全権大使たちは安全通行証をもって都市から都市へと往復をする。街道の町や村では彼等はすれ違いさえする。

ヴェネツィアは大旨、フィレンツェとの同盟には反対であった。この同盟を結べば、ミラノは対抗上、ヴェネツィアの頭越しにジギスムントと同盟を結び、ヴェネツィアは二正面に敵をもたなければならなくなる。それは国際関係の緊張度を高めるだけで、ヴェネツィアの安全を保障する所以ではない。

しかしミラノ軍は一四二四年二月、ついに南への進攻を開始し、フィレンツェ軍一万は潰走し、フィレンツェ自体は北から包囲される危険が生じた。それでもヴェネツィア元老院の意見は、フィレンツェとの同盟を認めようとはしなかった。商業上の繁栄を妨げられない限りでは、動きたくなかったのである。ヴェネツィアの人々は実業人であり、実際家である。実際的でない者はヴェネツィア人ではない。この実際家、実際的ということばを、こすっからいと言い換えても同じことである。

フィレンツェからの大使は、ついに忍耐の限界に達して声を張り上げた。

――ヴェネツィアの檀那衆よ、我々がジェーノヴァへの援助を拒否した時、彼等は仕方なくフィリッポ・マリア・ヴィスコンティを領主とした。もし我々がこの緊急時に諸君からの支持が得られないとしたら、我々はフィリッポを君主として仰がざるをえない！

と。

ヴィスコンティはヴィスコンティで、ヴェネツィアの領地を犯すつもりのないことを繰り返し、その大使をして言明せしめていたのであるが、ヴェネツィア側として、それは時間稼ぎにすぎないのではないかとの疑いを拭い切れなかった。そういう際であるから、フィレンツェ派遣大使の絶叫が深い印象を与えたことも事実であった。

そういう微妙な、どちらに動くとも知れぬ時間的真空のなかへ、その時代として最も名高い、かつ最高の才覚を備えているといわれていた人物が、突如としてヴェネツィア総督との会見を求めて登場して来たのである。それはヴェネツィア側として登場を期待するに、最も困難な人物であった。

本名はフランチェスコ・ブッソーネ、ミラノ北西の山地ピエモンテ地方のカルマニョーラの地に生れたことから、カルマニョーラと呼ばれることの方が多かった、ヴィスコンティ家の著名な傭兵隊長である。

カルマニョーラは、一説によると豚飼いの子として生れたということであるが、ともあれピエモンテ山地の農民出身であり、これまでのその生涯をヴィスコンティ家の傭兵として、また傭兵隊長として過し、とりわけてフィリッポ・マリアがその伝来のミラノ公国を恢復し、かつ拡大するに多大の功績を挙げていた。傭兵隊長としての勇気、決断、軍事技術の点においても、イタリア一との評価をえていた。従ってヴィスコンティ家としてもその功を認めて素晴しい宮殿を建ててやり、税金なしの年間四万金フィオリノ（フィレンツェ鋳造になる金貨）を払い、フィリッポ・マリアの従妹の一人を嫁に与えていた。

さもあらばあれ、フィリッポ・マリアとしても、この傭兵隊長に十全の信任をもっていたかといえば、そういうことはなかったようである。

フランチェスコ・ブッソーネが、あくまで、どこまでも、徹底的に傭兵であり、その隊長であることをヴィスコンティ家の人々としても忘れるわけには行かなかったのである。盲目な信頼ほどにも物騒なものはなかった。剣は売るべきものであり、最高の値を払い、かつ払い続けるものが手にしうるのである。

そうして戦争が商売であるとすれば、それは出来るだけ長びかせるべきものであり、雇用主を徹底的に搾取すべきものである。勿論、傭兵隊長としては、その名誉と値段のためにも勝利は必要である。しかしその勝利は、決定的なものであってはならず、また味方にも敵にもあまりな損害を与えるものであってもならない。兵士たちは多く戦場へも家族連れで出張していたからである。勝利が決定的なものであれば、それで戦争は終ってしまう。さらに、相手方の軍隊もまた傭兵であってみれば、如何にして相互の損害を少くするか、また寒さや雨などの肉体的不快を如何にして軽減するかについて、お互いに秘技を尽しての交渉が行われていたのである。従って、たとえば夜間に市や町を襲撃する——相互に被害が大きすぎるであろうし、味方打ちの可能性もある——ことはしない、また冬は休戦期とすることなどは、暗黙の、あるいは明示の上での取り決めとなっていた。冬期の開始時をいつにするかも多くの議論を要する問題であった。マキァヴェルリはその『君主論』において、傭兵誹謗のために全一章をさいているけれども、要するに彼は君主の側に立っているだけの話である。それ以上ではない。人民の側にあって、知恵の限りを絞り、相互に技を尽して寒さや雨のなかで泥まみれになったりすることを避けることに、何の悪があるものか。お互いにいのち懸けなのだ。陰謀、取引き、裏切り、外交、駆引きなどが支配者の道具であるならば、人民の側にも相手との間にそれがあって何が悪かろう。

　マキァヴェルリは、あまりに傭兵誹謗に熱をあげすぎて、傭兵側にとっての冬期が、早くも八月に来てしまうことを指摘することを忘れてしまっている。

　それはきわめて人間的な、一つの技術でさえあった。

　それを言うには、まだ時間的にも早過ぎ、その場所でもないのであるが、このきわめて人間的な技術の一つとしての戦争を破壊してしまった代表的人物の一人が、ナポレオンなのである。彼が顔のない国民軍というものを組織したとき、その時以降、その国民軍に属する者以外の者――物もまた――は、すべて敵であり、敵は殺すべきものとなる。知恵と技術はすべて殺すことに集中しなければならなくなる。皆殺し戦争の登場である。

国民軍形成以降の戦争論は、クラウゼヴィッツのそれも含めて、核兵器戦争理論にいたるまで、要するに、すべて市民をも含めての皆殺し戦争の理論であり、それは人間的にきわめて貧しいものである。戦争をも含めて、人間の歴史はもっと奥深く、ゆたかでありうるのだ。高寒な山地の窮民をではなく、科学から雇い入れて来た現代の、無機質な傭兵である核兵器は、何を仕出来してくれるか。核兵器は国民だけではなく、いや国民をも越えて人類をさえ亡滅せしめるであろう。

さてしかし、フィリッポ・マリア・ヴィスコンティとしても、事情はすべて承知の上のことで、高額の傭兵料もが、鞍替えをされないための、それだけのためのいわば脅迫代償ともなりかねないことも、承知の上であった。さればこそ従妹を嫁にもやり、一四二二年度の戦期の終った十月にはジェーノヴァ総督にし授爵もしてやったのである。これはこれでミラノ大公としてのフィリッポ・マリアの地位に、じかにつぐものであった。しかもジェーノヴァは地中海第一の商港であった。金にもなり、地位も高かった。戦略的にも重要な地点である。

しかしカルマニョーラにとっては、二つの欠点があった。

一つは、フィレンツェへ向けて着実に進攻を開始していた軍の指揮を直接執ることが出来なかった。フィリッポ・マリアとしては、もっと値段の安い傭兵隊長を雇った方がよかった。そこに若きフランチェスコ・スフォルツァが登場する。やがてこのフランチェスコがミラノ大公となりヴィスコンティ家に代ってしまうであろう。第二の欠点は、ミラノから離れていなければならぬということは、ヴィスコンティ家の宮廷で、彼に対して敵対をしているグループの陰謀についての情報に暗くなるということであった。対応がどうしても遅くなる。しかも一四二四年の秋には、理由不明のままでジェーノヴァ総督の肩書がなくなってしまうのである。

棚上げはいまや明白であり、彼はただちにミラノへ向い、フィリッポ・マリアに面談を求めるが、会見そのものが拒否されてしまう。身の危険を感じたカルマニョーラは、風のようにピエモンテの山の中に帰ってしまい、ここで考える。妻子はミラノに放置したままである。

一四二五年の早くに、決断はなされ、二月二十三日に、彼はヴェネツィアに姿をあらわすのである。

ヴェネツィア元老院は、秘密裡に彼の提供する情報――ヴィスコンティの野心とその及ぶ範囲、ヴィスコンティ家そのものの内情とその弱点について――に耳を傾け、一週間後には、カルマニョーラはヴェネツィアに受け入れられた。彼は本土側のトレヴィソに移って戦陣のための準備をする。

ただこの際にも、ヴェネツィア側はこの新規に雇傭された傭兵隊長に対して、警戒を怠ってはいない。何分にも本土までの浅い海面は、わずかに四キロほどを距てているだけなのであったから。またミラノ側は、当然な次第でもあろうが、カルマニョーラを暗殺すべくあらゆる手段を尽すのである。特に毒殺計画に関しては、詳しい日程表までが残っている。

その翌年一四二六年二月、往きつ戻りつ実に長く手間も暇もかかったフィレンツェとの同盟が締結され、ここに正式にカルマニョーラはヴェネツィアの本土軍司令に任命され、大聖堂で聖マルコの軍旗を授けられたのである。給料は一カ月一千金ドゥカートである。

カルマニョーラを得てヴェネツィアは、かつてイタリア本土においてもったことのない、最大限の勢力圏をえた。けれども実状としては、特にヴェネツィア側から見て、それはカルマニョーラの功績と言えるようなものではまったくなかったのである。

第一戦は、ミラノから東八十キロのところにあるブレッシアの町が目標であったが、ヴィスコンティ家を嫌っていたこの町の下町の住人たちは、軍の到来以前に町をあけわたしてしまっていた。守備軍は城に立て籠り、カルマニョーラは一応城を包囲したものの、別に攻撃もせず、彼自身は熱病と称し、共和国の厭々ながらの許可を得て、湯治に行ってしまった。五月には治療を終えてヴェネツィアに帰り、貴族に叙せられた。その叙任状には、『(彼は)これによって熱烈なる喜びを（もってしかるべき云々）』と記してあるが、彼は別に熱烈なる喜びをあらわすという程ではなく、元老院に対して、むしろあっぱれなほどの率直さをもって、自分がほとんど毎日ヴィスコンティ家の代表と連絡をもっていることを告げ、仲介の意のあることを申し出ている。これに対して元老院側も、別に驚くでもなく、また関係を断てとも言わず、ただ注意深くあれ、とのみ言っている。かくてブレッシアの町へ彼は戻るが、十月にはまたまた湯治に行ってしまい、十一月二十日に城に立て籠ったミラノ側の守備隊が降伏したときも、彼は留守であった。

この間、戦争（？）と同時に、ヴェネツィア・フィレンツェ連合とミラノの間に平和交渉もが続けられていて、これが十二月三十日に成立した。これもカルマニョーラの発起によるものなどではなく、法王マルティヌス五世の仲介によるものであった。

ミラノは、この条約によってブレッシア地方を正式にヴェネツィアに譲り、同時にミラノで人質になっていたカルマニョーラの妻と子を、厭々ながらも、夫の手に戻さざるをえなかった。そうしてこの条約が永遠に続くとは誰も思っていなかったにしても、二カ月しかもたぬとは……。また戦争が、あるいはゲームが再開される。

ヴェネツィアは、その将軍の、これまでの名声に比してはまことに冴えない戦い振りを、彼の妻子がミラノに人質としてあったことに帰していた。従ってこの件が解決されたからには、壮烈な戦い振りを見せてくれるものと期待をしていたのである。しかし、またまた失望しなければならない。一四二七年の二月に、カルマニョーラは、また湯治、である。そうして彼が持ち場を離れたその明る日に、フィリッポ・マリアはポー川に沿った戦略的に重要な港を、船隊と陸上軍の双方で襲った。あらかじめカルマニョーラとミラノとの間で話がついていたものであろう。言うまでもなく急使がカルマニョーラの湯治場へ向ったが、ヴェネツィアは様々な言い抜けだけを聞かされた。

元来、このカルマニョーラの湯治場通いについては、歴史家の間にも異論があって一定しない。けれども、これまでの戦歴中で、彼が二度負傷をしていて、その古傷が痛んだことも事実なのである。

四月になってやっと動きはじめたけれども、実際の戦闘にはいたらない。彼の弁解の第一は、秣《まぐさ》が不充分であること、第二は、戦費もまた充分ではないことにあった。このとき彼の麾下にあった軍は、馬一万六千頭、徒歩の兵六千であり、これはヴェネツィアなればこそ調達出来る兵力であった。

カルマニョーラは思うようには動いてくれなかったけれども、元老院からはこれといって不満の表明はなかった。そうして思いがけず素早い行動を開始したかと思うと、今度はミラノ側の待伏せに遭い、あやうく捕虜になりかけるという一幕まであった。

ポー川の戦略地点は夏中に取り返しはしたものの、これは何も彼の功績ではなく、ミラノは突如としてサヴォイア公からの攻撃を受けたために、兵を引かざるをえなかったのである。かくて八月に入り、冬期休戦期となる。傭兵隊のヴァカンスである。

ヴェネツィアの世論が次第に湧き立って来るのも当然である。戦争用の好時期にはほとんど何もしないでいて、もう休みを取るとは何事か。しかし元老院も強いことは言えないのである。将軍の本営に派遣されている政府代表は、将軍の怠慢行為が「たとえ実証されても」文句を言ってはならぬとの訓令を受けている。これはヴェネツィアとしてのディレンマの表明である。

ヴェネツィアはその本土の土地を失ったわけではないが、高い金を払って、ほとんど何もしてくれない将軍を雇いつづけるか、しかも、もし不満を表明すれば、いつ何時その兵を率いて敵方へ行くかもしれぬ将軍である。

しかしこういうゲームを繰り返しているうちに、イタリアの兵たちが外敵と真に戦うことを忘れてしまったことも事実である。国民的統一といった理念は、イタリア人において、今日でも他国民と比べてもっとも薄いであろう。そしてそこにこそ現代国家に生きる人々としてのイタリア人の好ましさがある、と言ったらイタリア人諸君はどう言うであろうか。

カルマニョーラも、しかし、ヴェネツィアの世論についての情報はもっていた。この都市の忍耐にも限度があることは充分承知していたのである。冬期休戦期は突如として中断され、一四二七年十月十一日に進撃を開始し、ブレッシア南方のオリオ川畔において、カルロ・マラテスタ麾下のミラノ軍を撃破し、八千人の捕虜をえた。

これはミラノ軍のほぼ全員であり、中には全軍指揮官のマラテスタ傭兵隊長もいた。マラテスタとは、不幸なことに、〝悪い頭〟という意味であったが、この傭兵隊長も、頭が悪いどころか、名だたる将軍であった。莫大な兵糧、武器もが手に入った。

ヴェネツィアは湧きに湧いた。元老院は直ちに感謝状を送り、皮肉なことにかつてのマラテスタ家がヴェネツィアにもっていた宮殿を彼に贈り、ブレッシアをその領地たらしめた。

けれどもこれは少し、抜け目のない筈のヴェネツィア人にしては、気が早過ぎたのである。カルマニョーラは、マラテスタ隊長をも含めて、この八千人の悉くを惜し気もなく釈放してしまった。敵である筈のミラノ軍の精鋭を、である。もしこの軍をも自軍に含めて、ミラノに向けて一挙に前進したとすれば、その陥落は確実であったろう。

この間、両傭兵隊長は、戦いの前後を通じて、終始、丁々発止《ちょうちょうはっし》の交渉をつづけていたものであろう。

傭兵隊同士の間の、仁義、というものなのであったかもしれない。

カルマニョーラは、さっさと時期遅れの冬期休暇に入ってしまった。

そうして、戦争が戦争休暇に入ると、またまた法王による平和仲介である。勝ったヴェネツィア側は、第一、ベルガモとその近辺を寄越せ、第二、ミラノにまだ残っている筈のカルマニョーラの封建的諸権限——要するにヴィスコンティ家がかつて彼に与えた宮殿や諸収入源——を保証しろ、というのである。第一はともかくとして、第二の方は、今日の目から見て、いわば滅茶苦茶と言うべきものである。何故なら、ミラノ側から見れば、カルマニョーラは裏切り者であり、その代償としてそれらの権限は没収されてしかるべき、ということになるであろう。敵の本拠地のど真中からの収入を保証しろというのである。

しかし十五世紀、十六世紀のイタリアは、マキァヴェルリのイタリアであった。これもそれほどに不埒な要求ではなかったようである。

ヴィスコンティ家の立場は弱かった。大量の武器や車輛や現金を失ってしまい、おまけにフランスからの明白な脅威が現前していたからである。妥協は必至であった。それに、秘かには、ヴェネツィアにとっても休戦は必要であった。ギリシャの植民地が危殆に瀕し、オットーマン・トルコがその巨大な影をコンスタンティノープルに落しはじめ、もしこれがトルコに奪われたりしたら、それは東ローマ帝国の潰滅であるのみならず、ヴェネツィア自身の首を絞めることになるであろう。

妥協が成立し、ヴェネツィアは、独立共和国として本土に最大限の版図を持つことになる。そうしてこの平和は、双方がいささかも信じていなかったにも拘らず、二年ものあいだ続くのである。

そうしてこの二年間の平和の間に戦われた最大の外交的闘争は、カルマニョーラ自身をめぐってのものであった。この隊長の奪い合いである。彼自身は、双方をけしかけていればいいのである。その頂点は、一四二九年一月のヴェネツィアとの契約期限が果てたときであった。結局カルマニョーラは、ヴェネツィアから、戦うと否とにかかわらず、向う二年間毎月一千金ドゥカート及び、本土の支配地から年間六千金ドゥカートの収入を保証されることになった。また軍隊に対する裁判権も、彼は手に入れたのである。この後者は、当然のようにも見えるけれども、重大な意味をもっていた。これをいま一歩進めて、軍支配下の市民へも適用するとなれば、それはもう独立した封建領主への道である。しかもミラノ自体のなかに、すでに条約によってある種の権限は確保しているのである。

またこの二年の間、彼は間断なくミラノのフィリッポ・マリア・ヴィスコンティと接触を保ち、その情報をこれまた遅滞なくヴェネツィア元老院へ提供していた。

事態がかくの如くであってみれば、双方は双方ともに彼の御機嫌をとらなければならなくなり、ヴェネツィアはついに、もし彼がミラノを攻略すれば、ミラノ大公として認める、というところまで行ってしまう。しかし彼がもしミラノ大公になったとして、ヴィスコンティ家よりももっと危険な隣人にならぬとも限らないであろう。それは保証の限りではない。

ここでしかし、一傭兵隊長の野心を離れて、ヴェネツィアの歴史をかえりみてみるとすると、見えて来ることは、水上の共和制都市国家であり、かつそうであってはじめてその使命と栄華とを全うすることの出来る筈の国家が、あまりに深くイタリア本土の情況に巻き込まれてしまっているという状況である。

さて平和の二年間が過ぎて、一四三一年、再び、例によってと言った方がよかろうが、ミラノ対ヴェネツィア・フィレンツェの戦闘が開始される。

この年、ヴェネツィアにとってはその傭兵隊長の行動は、一言で言って、不可解、というしかなかった。機を見るに敏、その眼の鋭さにかけてはヨーロッパ一と称され、かつ自任をしてもいたヴェネツィア人たちである。長く当惑しつづけていることの出来る人たちではなかった。

第一、ミラノの東側面にある町や村を無血占領出来る可能性があったにも拘らず、カルマニョーラはつねに遅れて到着し、その機を逃した。それが数回も繰り返された。

第二、六月二十六日、彼の命令によってポー川を溯航して来た船隊が潰滅的な敗北を喫した。しかも近々数百メートルの距離に陣営を張っていたカルマニョーラの本隊は、救援の呼びかけにも拘らず、全く動かなかった。

このときはさすがに本営付きのヴェネツィア代表の訴えにより、カルマニョーラはヴェネツィアへ戻って申し開きをしなければならなかった。元老院はそれを受けざるをえない。

第三、にも拘らず、八月に入って冬期休暇に入る、と通告をして来た。元老院はこれを拒否し、今日ではすでにミラノ市の近郊ということになっている、アッダ川を越えた地点への進出を命じた。この命令は実行された、但し一カ月間のみ。十月に入って、命に逆って軍を引き下げた。

第四、第五と命令拒否、あるいは無視がつづいた。第四、第五の命令拒否の間に、彼は湯治に行った。

しかもなお、カルマニョーラは連日、ミラノ及びヴィスコンティ家の状況に関して、如何なるヴェネツィアのスパイも及ぶことの出来ぬ詳細な情報を、元老院に送りつづけていた。

何故か？

調査が開始された。ヴェネツィアの持つ情報網とその調査能力は、ヨーロッパのあらゆる宮廷と都市でもっとも怖れられていた。またそれなしに、この水上都市は生きて行けなかったであろう。

一四三二年に入って戦争が再開されたとき、すぐに四つの小さな町が失われた。そのうち一つは、明らかにカルマニョーラの命によって放棄されたものであった。

三月二十七日、元老院の十人委員会は、その権威を補強するために拡大委員会を設置し、『現委員会において審議中の案件に関し、一言でもこれを洩らした者は死刑に処するものとする』と、まず決議をした。秘密厳守のための自戒決議である。

おそらくその夜から、夜の紳士たち（Signori di notte）という、無気味な別名をもった黒衣の警官たちが、流言警戒のために、顔をかくして、油火《あぶらび》のちらちらする街頭の闇に立ったものであったろう。

三月二十九日、カルマニョーラの即時召喚命令をもった首席秘書官が、ブレッシアへ派遣された。

その命令には、今年度の作戦に関する全般的協議の事が記され、首席秘書官は口頭を以て、傭兵隊ではない、少数のヴェネツィア軍の指揮者であるマントヴァ侯爵もが召喚されていることを付け加えることになっていた。疑惑を予防するためである。またヴェネツィアとブレッシア間のすべての町村に派遣されていたヴェネツィアの役人は、カルマニョーラに対して武装をした護衛をつけ、その名声と位階にふさわしい、最高級の待遇を与えることを命ぜられた。そうしてその命令書には、備忘として、万一カルマニョーラが命に背く、あるいは前進を拒むことがあれば、直ちに逮捕せよ、と付け加えてあった。

しかしこれらの配慮は無用であった。傭兵隊長はヴェネツィア行に直ちに同意し、道中にも何の不都合もなかった。

四月七日、彼はサン・マルコ広場に面した総督府に到着し、官吏たちによって歓迎され、総督に面会の用意が出来るまで、暫時お待ち頂きたい、と求められた。

やがて〝賢人委員（Savii）〟と称される者の一人が来て面談の遅延を詫び、総督は具合が悪いので明日の朝になる模様、と告げた。カルマニョーラは、されば、と立ち上って階段を下り、リヴァと称される船着場へ出ようとしたとき、貴族の一人が彼の前に立ちはだかり、左方の開かれた扉を指さした。――監房への扉であった。

『これは違う』

とカルマニョーラが反駁した。

『閣下、お許しを。こちらです』

ここにいたってはじめて、カルマニョーラは罠にはめられたことを知ったもののようである。背後で扉のしまる重い音がしたとき、『やられた！』“Son perduto.”と彼が呟いた、と伝えられている。

二日後に裁判が開始され、ヴェネツィアの文書によると、特にパドヴァから呼び寄せられていた〝主任拷問官〟が審理にあたり、カルマニョーラは難なく白状をした、と伝えられている。彼の妻、秘書、使用人たち及びla Bella（美人）とのみ記されている愛人も訊問されたが、これはより〝人情あるumano〟審理をうけたという。公私にわたるあらゆる文書も調査された。

かくて五月五日、その年の聖週間と復活祭の終るのを待って、判決が下された。有罪、である。二十六人の判事が有罪を支持し、一人だけが無罪、とした。刑罰の種類としては、意見はもっとわかれた。終身刑とするものは総督をはじめとして三人の顧問官を含めて八票、十九票が死刑。

同日の夕刻、傭兵隊長カルマニョーラこと、フランチェスコ・ブッソーネは、深紅色ビロードの着衣をまとい、口に猿轡をはめられ、両手は背中で縛され、サン・マルコ広場の二つの塔柱の中間に引き出された。死刑執行のための、定められた場所である。斧による三打目に、首が肩を離れた。遺体は遺言によってフラリ大聖堂に葬られた。遺産は没収されたが、未亡人には一万金ドゥカート、二人の子息には各五千金ドゥカートが与えられ、ヴェネツィアにおいての住居も保証された。その金の出所を考えるとき、寛大な処置であったと評されている。

後世にいたって、カルマニョーラはヴェネツィア一流の陰謀の犠牲者である、という説が強くなっているようであるが、敵側の陣営へ戻るぞ、行くぞ行くぞと脅かされ、その度に報酬をつりあげられ、また実際に古傷が痛みもしたようではあっても、一戦をすませるとすぐに湯治に行かれる方もたまったものではなかったであろう。またこの後に雇わねばならぬ傭兵隊長に対しても、決然たる態度を示しておかねばならぬという、政治的要請もあったであろう。

本土における戦争はまだまだ続き、町や村はあちらこちらと籍を変え、人々は狡智奸智の限りを尽して精一杯に生きて死ぬ。

十四世紀後半から十五世紀以降、イタリアに対してフランスの影はますます大きくなり、ヴェネツィアはフランスと同盟を結んで法王領連合と戦い、ついでヴェネツィアと法王領は連合してフランスと戦い、さらにはヴェネツィア・フランス連合が法王領と戦うなど、またそこへナポリとシチリアを占領したスペインが加わったりして、その歴史を読む者を当惑させ、更に歴史を書く方までを立往生させるほどの様相を呈して来る。

程を経て、次第に近世の国家間戦争の怖るべき顔貌が明らかになって来、死者は歴史に戻されるにはあまりにもその数が多くなり、歴史に掬い上げられることもなく地に朽ちて行くのである。

かくて、見られるように、恐怖にその基礎をおいて創始された水上の都市国家ヴェネツィアは、**terra firma** すなわち確固たる、ゆるがざる大地にその足場を求めて、海上国家、通商国家というよりも、すでにイタリア本土の諸国家の一つになって行くのである。

しかしその **terra firma** こそが、実は **terra** *non* **firma** そのものであった。

ヴェネツィアのその後の運命は、諸氏の御存知の通りである。コロンブスやヴァスコ・ダ・ガマのことを持ち出すまでもあるまい。

私もまたかつて、この町に住んで歴史の泥水にどっぷりとつかってみようか、と考えたことがあった。ゴンドラ一杯がやっと通れるほどの狭い運河に面した貸家を不動産屋に見せられ、ヴェネツィアでの家を褒める褒めことばが、duro あるいは no dondolio というものであることを知った。前者は基礎が、従ってその下の杭がしっかりしていること、後者は床がぐらぐら揺れたりしないことを意味した。観光客の立ち寄らない裏町には、すでに窓ガラスも破れ果てて、うつろな眼窩を水路に向けている廃屋が目立つのである。

参考資料
A. Battistella : Il Conte Carmagnola.
D. S. Chambers : The Imperial Age of Venice.
その他。

メノッキオの話

西欧の近世初期、あるいは中世末期の古文書関係の文献などをぼつぼつ読んでいると、キリスト教世界に対する、イスラムの側からの影響が意外に大きなものであったことを知らされて、それこそ意外な思いをさせられることがある。

読み書きの出来た下層階級において特にそうであり、たとえば次のような天国の構想、

……左様、天国にいますことは、たとえて言えばお祭りの場にいるようなものでございます。人が神によって与えられました、七つのもの、すなわち知能も記憶も意志も思考も信念も信仰も、それから希望も、これらのものはもう一つ別の言い方で申しますなら、大工が働きますときの、斧とか鋸とか材木やその他の道具のようなものでございますが、上の方のあちらでは、そんなものは無用なのでございます。誰も仕事などはしないということでござい

ます。天国はよいところでございます。どんな季節にも、あらゆる果物が実りまして、川には未来永劫に乳と蜜と葡萄酒と甘い水が流れていますし、人それぞれにふさわしい家があって、どれもみな美しい石や金、銀などの飾りがついていて、なんとも美しく立派なものでございます。そうして誰もが美しい召使をもちまして、もっともっと美しい娘たちもまだまだいるのでございます。……

もう一つの例。
これは詩のかたちで述べられている。

……神がその次の土曜日に私を、
全世界の見える山の上に連れて行った。
そこが天国だったのです。美しいとも何とも、
氷と火の壁でかこわれていました。
美しい宮殿の数々、美しい庭の数々、
それから果樹園と森と野と川と池があり、

見たこともない食物、高貴な葡萄酒がありました。
それらでの晩餐、それから種々の歓楽と大いなる富、
部屋はすべて金と、絹と、亜麻布で飾られ、
より抜きの召使たちと小姓たち、それに寝台でございます。
それから大きな樹木があり、草に獣たち、
果樹はみな毎日十回も実をならすのでございます。……

神は雌雄同体の存在であり、両手をあげて掌をひらけば、指からは甘い水が川となって溢れて出て来る。そうしてこの後に、蜜、砂糖、白いパン、甘い水、バター、ヤマウズラ、美酒、寝台などの形容が続々と出て来るのである。

すべて、ヨーロッパの厳しい気候と貧窮に堪えて生きていた農民たちにとっては、無いものばかりであった。寝台でさえが、農民たちもが使えるようになったのは、せいぜいで十七世紀、あるいは十八、十九世紀に入ってからのことであった。

美しい宮殿、美しい召使たち、すべて金と絹と――これらは、まことにグラナダのアルハンブラ大宮殿を思わせるものであり、マホメットのコーランの一節を、これに加えれば、この天

上楽園は完結するであろう。

そういう人たちは潺々《せんせん》と河川流れる楽園に入れて、そこに永久に住みつかせてやろう。そこでは清浄な妻を何人もあてがおう。そして影濃き木影にはいらせよう。（井筒俊彦訳）

これらの農民的ユートピアは、天国の構想がキリスト教の側において、農民たちの夢を満たすにはあまりに貧しかったことから出て来たものであったかもしれず、またキリスト教の諸経典があまりに罪や罰のことばかりを言いたてすぎていたことに、理由があったものかもしれない。仏教の極楽浄土と、その贅と美を競っているかのようである。

コーランはすでに、十六世紀の前半にヨーロッパ各地の俗語に訳されてい、版本として市販されているところもあったのである。

そうしてもう一つ、コロンブスによる新世界の〝発見〟もが、この農民ユートピアに色濃く影をおとしているのである。これだけの世界ではない、新しい、別の世界がありうるという夢、情報と、そこから演繹されて来たであろう確信は、領主によって司教によって、それぞれの村に釘付けにされていた農民、特に読み書きの出来た人々にとっては、それは文字通り、身も心もゆるがされるような経験であったであろう。

ところで、はじめにかえるとして、第一の引用は、実は天国どころではない、十六世紀北イタリアでの、異端審問裁判文書からのものであり、第二のものは、これも十六世紀イタリアの農民詩“Settennario”からのものであった。Settennarioは〃七年勤行〃とでも訳すべきか。そこにはヨーロッパの農民に深く根付いていて、ドグマと儀礼によってすべてを取りしきろうとするキリスト教に、容易になじもうとせず、自然の移りかわりに忠実であろうとする、前キリスト教的宗教感情が生き生きと息づいている。

さて、われわれの主人公メノッキオは、本名ドメニコ・スカンデルラ、一五三二年に、ヴェネツィア北東約一五〇キロの高寒な山間の村、モンテレアーレで生れた。生業は粉屋、水車を二つ領主から借りていた。従っていつも短上衣に袖なし長衣、灰色の羊毛製縁なし帽という服装であった。後背地、ヴェネト・アルプスからの水は、豊富であった。粉屋の仕事が手すきな時には、大工でも木挽でも石工でも何でもやった。器用であった、というべきであろう。それに村に二カ所、永久借地権つきの土地をもっていたから、貧しくはなかった。読み書き算盤《そろばん》が出来たから、子供たちにそれを教えもし、順繰りでまわって来る、村長の役や課税評価人、教会の世話役代表などの役目もつとめていた。村の重要人物の一人であったことは、たしかである。〝メノッキオ〟と呼ばれたのは、背が低かったからである。

ここで、しかし、昔日のヨーロッパ、工業以前のヨーロッパにおける粉屋の位置について一言をしておかなければならない。人々が生れ集って村落を形成した場合、それがたとえ最小限の単位のものであっても、水力、あるいは風力を利用する粉屋というものが必用不可欠であった。しかもなお、百姓農民と粉屋の関係は、必ずしも穏やかなものではなかった。百姓たちは穀粒の入った袋をかついで行って、粉に碾《ひ》いてもらわなければならない。碾かれた粉が、たしかに、間違いなく、粉屋に手渡された穀粒の量と同一であるかどうか……。農民たちの疑いは数百年にわたって醸されて来たものであり、そこから、粉屋は抜け目がない、粉屋は盗む、粉屋は騙すという確固不抜の心証が、農民たちの間にすでに成立していたものである。トスカナの俗謡に、悪魔が地獄で四人の男を踏んづけていた、一人は粉屋で、一人はドイツ人、あと二人は宿屋のおやじと屠殺人、というものがあったが、一番悪い奴は粉屋である、ということになっていた。

もう一つ、村落内にあって風車小屋、あるいは水車小屋というものは、大旨、村のはずれに位置していた。ということは、村人たちの穿鑿がましい目からはずれたところにあったことを意味し、なおかつ粉の碾かれるまでは待っていなければならなかったから、それは集会所でもあった。人目を避けなければならぬ集会は、ほとんど水車小屋で行われた。また外部から村へ入る人は、まずその小屋へ立ち寄るのがつねであってみれば、それは外部からの情報導入の場でもあった。従って粉屋は、村内での、最新の外部情報の保持者であった。

さらにもう一つ、風力、あるいは水力を利用しての粉碾きの権限は、領主から直接に粉屋に賃貸してあったものであってみれば、彼は領主に直接話すことの出来る位置、地位にあったわけである。このこともまた一般農民からの孤立化をもたらす要因となるであろう。また村内でのその唯一の動力は、布を紡ぐにも使われなければならなかった。ここでもまた提供した糸と、出来て来た布は等量であるか如何、という問題が生ずる。

ドイツ農民戦争にかかわっての、ほとんどの秘密集会は、水車小屋で行われている。

『粉屋の半分がたは、ルーテル派（新教徒）だ。』

と、断言をした諷刺詩人がかつていた。

しかしメノッキオは、同時に村内に二カ所の農地をもち、そこを自ら耕す、白い粉にまみれた農民でもあった。

メノッキオは、如何にも粉屋らしく、お喋りが好きであった。お喋りメノッキオ、と呼ばれていた。誰にでも議論を吹きかけることが好きであった。相手は誰でもよく、領主とも、司祭とさえも議論をした。

議論の主題は何であったか。

それは言わずと知れた、この人間世界の根源、中心、基本についてであった。

『神とは何か？ 神様とはどんなものだとお前さんは考えているかね？ 天、地、海、空気、深淵、そして地獄も、すべて、すべては神なのだ。……

『空気が神なのだ。そして地面がわれわれの母なのだ。……

『われわれに見える一切のものが神なのだ。われわれが神なのだ。……

『イエス・キリストが処女マリアから生れたというが、お前さんはどう思うかね？ 子供を産みながら処女だなどと、そんなことがあるものか。……

『すべては混沌としていたのだ。地面も空気も水も火も、すべてごちゃまぜになっていて、そこからあるガサ、容積のあるものが出て来たのだ。ちょうど牛乳をひっ掻きまわすとチーズになるようなものだ。そのチーズに蛆虫が湧く。それが天使たちなのだ。この天使たちのなかに神がいたのだ。神もまたこのガサのなかから同じ時に出て来たのだ。神は主となり、四人の天使を天使たちの首領とした。四人のうちルシファが、自分も神になろうとしたので、ルシファとその一統は天国から追い出された。かくて後に神はアダムとイヴをつくり、追い出された一統に代る人々を沢山につくった。ところがこいつらが神の言うことを聞かなかったので、神は自分の息子をつかわされた。ところがこれがユダヤ人どもに捕われ、磔になってしまった。磔になったのも神の子供たちの一人で、われわれと同じような人間だったのだ。なぜならわれわれはみな神の子供だからだ。ただ彼はもっと威厳のある人だった。ちょうど法王もわれわれと同じ人間だが、位階が上で力があるようなものだ。磔になった彼は聖ヨセフと処女マリアから生れたのだ。……』

メノッキオは、チーズと蛆虫による独特の宇宙開闢論をところきらわず、居酒屋でも宿屋でも、旅の途中でも畠の往き来、言うまでもなく粉の碾ける待ち時間にも、誰とでも喋った。喋りまくった。村の司祭とまで議論をした。おれは聖書をもっている、イタリアの俗語で書かれた聖書をもっている、おれの議論の本もとはそこにある、とも言った。ラテン語の正統なもの以外の俗語の聖書は、カトリック世界にあって長く禁書であった。

話を聞かされた百姓や博労などのなかには、桑原桑原と耳をおさえて逃げ出すものもいたが、大部分はよく耳を傾けていた。それは彼らの内心の、素朴な合理性に触れるものをもっていたからである。ただメノッキオがあまりにしつこくその説をとくにいたって、人々はまたか、と思うようになり、さらに、事、信仰の問題に関してメノッキオは、僧職者の位階による権威を一切認めなかったことから、人々は次第に頭を振って不賛成の意を表しはじめていた。しかし、それは賛成出来ないということであって、敵意の表明ではなかった。

物語りならばともかくも、議論というものは昂じて行くのがつねである。

『何が法王だ！　何が高位僧職なものか！　司教だの何だのと、おれはそんなものの言うことは認めん！　聖者の悪口を言っても一向かまわん！　ただ神の悪口を言うのは、罪だ！……』

あるときに靴屋がメノッキオを諌めた。

「おれは靴屋だ、お前は粉屋だ、そんなに教育のある者じゃない。それなのにそんなことを喋って何の役に立つ？　信心のことなどは奥の深いむずかしい事だ、靴屋や粉屋に手の届くことではないだろう。そんなことを話すには知識がいる、そしてその知識は坊さんたちのものだ。どう出来る？」

と。

これに対してメノッキオは、

「見りゃわかるだろ、聖霊が教会を包んでいるなんぞとは、とても思えん。坊主どもは親指でわれわれをおさえつけて黙らせ、そして奴等だけでいい思いをしているんだ。おれの方が神のことは奴等より知っている。」

と言った。

ここまで言われては、村の司祭ももう放置出来なくなったものであろう。司祭はメノッキオをともなって近くの町、コンコルディアの司教代理のところへ行き、この上位の僧から、

「お前さんの考えることはすべて異端にあたるぞ。」

と警告をしてもらい、メノッキオも、

「もう二度とこんなことに口出しはしません。」

と約束したのであったが、お喋りメノッキオのお喋りは、このくらいのことではとどまりはしなかった。

情況はすぐに悪化して来た。司祭は村人を一人一人呼んでメノッキオについての証言を集めはじめた。

粉屋としては珍しく、メノッキオは憎まれてはいなかった。むしろ愛されていたのである。

「黙っとれ、メノッキオ、と私は奴に申しました。そんなことを言っとると、いつかお前さん、後悔しなけれゃならなくなるぞ、と。」

しかしなかには当然にも、

「奴の評判は悪うござんした。ルーテル派だと存じます。」

と証言をした者もいたのである。

はじめは司祭も司教代理も一人一人の証人に、

「いったいメノッキオは冗談にそんなことを言っているのか、それとも真面目にか……？」

という留保つきで証言を求めていたのであった。

ということは、冗談なのならば、悪質であるとはいえ、さして害もなく、毒もなかろうという、教会側としての余裕を見せていたのである。特に彼の宇宙開闢論――牛乳→チーズ→蛆虫＝神を含む天使群というものなど、ただの珍説愚論として放っておいてもよいものであった。

けれども情況は、粉屋メノッキオの眼の届かぬところで険悪化していたのである。先に触れたトスカナの俗謡に、地獄で悪魔が四人の悪人を踏んづけていたというものがあり、そのうちの筆頭が粉屋で、その次がドイツ人、というくだりを覚えておられるであろう。このドイツ人は、ルーテル派を意味したものであった。そうして村人の証言のなかから、メノッキオはルーテル派だというものがちらほらと出て来たとなると、放置出来ぬ理由がもう一つ加わって来ていたのである。

日本で、カトリックを旧教とし、宗教改革派＝プロテスタントを新教とする訳し方を誰が一体創始したものか、筆者はつまびらかにしないが、よい加減な訳であると思う。プロテスタントは文字通りにはローマ・カトリック教会に対する抗議派なのである。旧や新が問題なのではなくて、ローマに対する抗議が問題なのである。それは旧と新の関係ではなく、敵対関係であった。そうして、この当時において、ローマ側の反宗教改革にかけられていた熱意、あるいは敵意は、コンコルディアの司教代理の、放っておいてよいのではないかという寛容さを、はるかに越えたものであった。

司教代理は、一応の調書を作製した。そうしてそのまま半年も放っておいた。

やがて、しかし、この調書が正規の異端審問官の眼につく日が来た。

一五八三年九月二十八日、メノッキオは異端審問所に告発された。このときメノッキオは五十一歳であった。

……主イエス・キリストに関して異端的かつもっとも邪悪なる発言をし、それのみならずその冒瀆の言を無恥にも教え、拡めて人々を説伏しようとした。……

証人に対する査問がなおも繰り返され、一五八四年二月四日、フェリーチェ・ダ・モンテファルコ審問官の署名になる逮捕状が執行された。メノッキオは手錠をはめられてコンコルディアの町の牢獄に収容された。

この入牢以前に、メノッキオは近隣の村の司祭代理をしていた幼友達と、同じく幼友達であった元弁護士に会いに行き、ともに、問われたことに対してだけ返答をせよ、お喋りをしてはならぬ、特に審問官と議論に及んではならぬ、罪を認めてあわれみを乞うと同時に、自分の言ったことを自分で信じていない旨をのみ主張せよ、との忠告をうけていた。

二月七日、第一回の審問が開始された。

異端審問、宗教裁判に関しては現在ではどうやら悪名のみが高くなっていて、その実体についてはさほどに知られてはいないように見える。特にスペインにおける異端審問などは暗黒裁判の別名のようにさえ言われているが、実体とははるかに遠く、スペインにあって被火刑者は全ヨーロッパでもっとも少かったのである、領土の半分をかつてイスラム教徒が占めていたにもかかわらず。

ローマ法王庁管轄の異端審問所は、その審問の全記録を克明に、但し被告、審問官ともに第三人称でとることを義務付けられ、拷問に際しては医師の診断によって拷問の種類が決定され、審問官の専断は許されず、書記は被告の如何なる発言、うめき声や悲鳴の種類なども記録しなければならなかった。

そうしてメノッキオの場合、四月末にはヴェネツィアの法を勘考に入れ、裁判は俗世の行政官の干渉を必要とすることとなり、場所もポルトグルアロ市の市長官舎に移された。裁判管轄権に関する聖俗の争いは長期にわたっていた。

お喋りをしてはならぬ……。その忠告はメノッキオを納得させてはいた。しかし喋らぬメノッキオは、メノッキオではない。

『私にあんなことを言わせたのは、神のお告げだったのか、悪魔が言わせたのかはわかりませぬが、またそれが真実かどうかもわかりかねますが、私はお慈悲によりお許しを乞い、教えられました通りに人生を送りたく存じます。』

という前提のもとに、許しは乞う、が、自分の主張は撤回しない、といういわば二重の方針を持しているものと見られた。

　そうしてもう一つの、

『たしかに私は申しました。お許しがあれば法王様でも王様でも殿様の前ででも言ってみたいことがありますと。そこで言ったことでたとえ殺されても悔いはない、とも申しました。』

　という前提のもとに、メノッキオは滔々とその所論を展開してしまった。

『第一に、法廷でラテン語などというわけのわからぬ言葉を使うということは、貧乏人いじめです。貧乏人は何が何やらわからぬうちに踏み潰されてしまいます。あなた方、高位の僧職者たちは知識も沢山もっているが、物持ちでもある。本当は多くを知っていると思っている者ほど、物を識らないのですが。神様のことについてだって同じです。あなた方のする洗礼だの堅振だの品級だのという秘蹟は、あれは人間の発明したもので、お坊さんたちの商売物でしょう。それであなた方は暮しているのですから。』

　メノッキオは、従って七つの秘蹟の全部を薙倒すように否定してしまった。懺悔告白については、『樹木に向って告白したって同じことです。樹木が告解の秘蹟を与えてくれさえすれば、同じことです』と言ってのけた。

　あるときに彼はポルチェニゴの司教代理が、聖餅を作っているのを見て言った。

『ただの生《な》まパンじゃないですか？　どうしてこれがいったいわれわれの主である神なのですか？』

メノッキオは、粉屋である。

では神とは何か、との審問官の問いに対して、

『地面と水と空気と、それだけであってしかも全部、です。ただの生まパンじゃないかと言ったときには、しかし私は、聖霊が天から降りて来てパンのなかに入るのだ、と付け加えて申しました。』

――されば、聖霊というものが在るとどうしてお前は信じるのであるか？

『聖霊が神だと思うからであります。』

――三位一体というものが何体で出来ておるか知っとるか？

『左様でございます、父と、子と、聖霊でございます。』

――では聖餅のなかに姿をかえて入っておるものは、このうちのどれじゃと思うか？

『聖霊でございます。』

メノッキオは断言をした。

『私は信じております、キリストよりも聖霊の方が大きいと思います。キリストは人でありま

すのに、聖霊は神の手から参ったものでありますから。私はこうありたいものと思っております。大いなる神を信じ、イエス・キリストがユダヤ人たちに、如何なる法を守るのか、と問われたときに答えたように、〝神と汝の隣人を愛せよ〟、これでございます。神の偉さは、すべての人々に同じように聖霊をお与えになったことにございます、キリスト教徒にも、異端派にも、トルコ人にも、ユダヤ人にも。神はこれらの人々のすべてを大切なものと考えておられ、すべてこれらの人々は同じように神によって救われるのであります。あなた方僧職の方々は神よりももっと多くのことを知ろうとして、悪魔のように、地上の神々になろうとしているのでありますす、そうして悪魔の足どりを辿って、神と同じほどの知識をもとうとしているのでありま す。』

五月一日の審問は、ポルトグルアロの市長の臨席を欠いていた。従って本来的には違法なものであったが、審問官たちはもはや我慢がならなかったようである。

——これまでの査問によれば、お前の心は毒のある考えに満ちみちておる。さればこの聖なる審問所は、お前がその心を全的に開陳することを求める。

それは審問所としては傲慢な要求というべきものであったろう。メノッキオとしては必死、全開であったからである。

『私の心は、もっと高遠なものを求めておりまして、もっと新しい世界と、新しい人間の道を求めております。なぜなら、教会はそのようにはしておりませんし、また教会はあのように華美なものであってはなりませんです。』

メノッキオの言う〝新しい世界、新しい人間の道〟がどのようなものであるかは、未だ理の筋として明示されがたいものであったが、この世にいろいろと身分があることは認め、法王から枢機卿、司教、教区の司祭などがいることは、皇帝や王、大公などがいるに等しいとするが、彼自身は大別して〝上〟の者と〝下〟の者との二分法を採用する。

『この（二分された）法の下で、法王や枢機卿や司教は強力で富み、何もかもが教会と高位僧職者のものになってしまいます。そうしてこれらの人々が、下の者を押し潰します。たとえば貧乏人が二つの土地を賃借していて、そこで働くとしましても、その土地が教会か、枢機卿か司祭のものであったとしたら、彼らは押し潰されていることになります。ヴェネツィアの偉い人たちは、泥棒を飼っているのです。』

メノッキオがモンテレアーレの村内で借りていた土地二つが教会のものであったかどうかは明らかではなく、また彼がヴェネツィアへ行ったことがあるかどうかも不明である。

メノッキオは、彼の歯に衣をきせぬ発言にもかかわらず、一日の審理の終りには、

『どうぞ私に憐れみをおかけ下さい、イエス・キリストの受難にかけて、私の事件を解決して下さいますように。もし私が死なねばならぬものとしたら、死を寄こして下さい。もし慈悲に価するものとしましたら、お許し下さいますように。なぜなら私は良きキリスト教徒として生きたく存じますので。』

と、結ぶのがつねであった。


北イタリアだけでも、無数の異端審問の記録がいまに残っているもののようである。処罰はさしてきびしいものではなかった。処罰に価するとされた場合でも、百姓農民は、一、二年の投獄の後に、村の司祭預りで、村外へ出ることは禁止、というものが大部分であった。

さもあらばあれ、その無数の審問件数のなかでも、メノッキオほどにもはっきりと言い切った事例は、たとえばこのときから十五年後に結審に近づいていたジョルダーノ・ブルーノの一件などを含めても、それは稀なものであった。知識の程度が上れば上るほど、複雑と言うよりはむしろ晦渋にして不分明な議論が双方に無限に繰り返されて、神もキリストも聖霊もがどこに位置するものかさえが、窺いかねるほどのものとなって行くのであった。

しかし、では粉屋メノッキオは、どこからかかる考えを得て来たか。それが問題になるのは当然である。

メノッキオは、審問中のあるときには、

『こういうことはすべて、私のこの頭が、悪い霊にみちびかれて考え出したことでございます。』

と言い、また、

『私は、むしろ哲学者であり、占星家であり、予言者であるのかもしれませぬ。それも誤れる予言者であるのかもしれませぬ。』

とも、明言しているのである。

誤れる云々に、彼の余裕をさえ見ることが出来るかもしれない。

そこからトラモンターナと称される、寒い北風をもたらすアルプスの向うでの、抗議派、ルーテル派の嵐のような動きが、何等かの手だてがあってメノッキオに伝えられたものであったか。

直接の手だてはありえない。アルプスはあまりに高く、モンテレアーレの高寒な村から長期にわたってどこかへ行くことなどは、粉屋には不可能であった。しかし嵐が何のために吹いていたものであったかを、その意味を遮るほどには、アルプスも高くはなかった。村人の証言のなかには、アルプスの大山塊の彼方、ジネーヴラ（ジュネーヴ）という神秘的な土地には、信仰の自由があると、メノッキオが承知をしていた、とするものが見受けられる。

しかし審問所としては、ルーテル派と断定し得るほどには、メノッキオの陳述に理の筋が欠けている、と判断をせざるをえなかった。

そうとすれば次に問題となるのは、当然、読み書きの出来たメノッキオが読んだであろう、禁書をも含む書物である。禁書であろうがなかろうが、村の祭りや市には、粗末な印刷術による様々な本を売る行商人が来ていた。人々はそれをまわし読みしていたのである。

文化が特権階級のものであるという概念は、印刷術の発明によってかなりの打撃をうけてはいたけれども、未だ全的には崩壊はしていなかったのである。しかし、すでに相当なものが読まれていた。

まず俗語聖書。これは禁書であった。ボッカチオの『デカメロン』。メノッキオはダンテの『神曲』も読んでいたか、その大筋を知っていた形跡がある。マキァヴェルリの諸著書、特に、宗教をもって政治的統一のための強力な武器とみなす諸論説なども、承知していたと看做される。そうして『コーラン』の俗語訳は一五四七年にヴェネツィアで刊行され、大天使ガブリエルがモハメッドに口述をしたものであるとされていた。メノッキオはこれを『もっとも美しい本』と評価をしている。その他、詩集、俗謡集や、種々様々な奇譚集、金言名句集、俚諺集など。

なかでもメノッキオ自身が認め、かつ大いなる興味をもって読んだとするものに、騎士ズアンネ・マンダヴィルラ、すなわち英国人サー・ジョーン・マンデヴィルの著書『旅（複数）』があった。メノッキオの天国叙述は、『コーラン』によることはすでに明らかであったけれども、この英国人マンダヴィルラの著書によることも多大であった。この『旅』なる著書は、はじめの、イスラエルの聖地についての旅行案内の如きものと、後半の東洋案内との、二つの部分にわかれていた。そうしてその後者は、それは今日の眼から見れば荒唐無稽、古中国からインド、南海にいたるまで、食人種からピグミイ、狼の頭をもつ人種にいたるまで、空想と神話と見らるべきものと〝報告〟とがないまぜになった架空旅行記であった。

今日でもこれだけのものが精読されていれば、人の教養として必要にして充分であろう。

『地上には多くの人種と、異なる土地に異なる法があり、みなそれぞれがそれぞれの島、あるいは国にあって、それぞれ別々の信仰に生きているのであります。神は彼等のすべてを愛し、ヨブが神に仕えたように、神は彼等の奉仕をよしとされるものでございます。私どもは神が彼等のうちのいずれを愛し、いずれを嫌われているかを、知らないのでありますから、また神は、自らおつくりになった創造物を嫌われる筈がないのでありますから、私どもはひとしく、この神に祈らなければならぬのでございます。』

もはやことは、モンテレアーレ村や審問の行われているコンコルディア、ポルディーネの教区どころか、ヴェネツィアの権力さえもが問題にはならず、神の創り給うた全世界が問題なのである。

『新しい世界』の問題が強烈な衝迫をもってうちかかって来ていたのは、何もモンテレアーレ村の粉屋に対してだけではなかった。同じ年に南西フランス・ペリゴール地方の領主ミッシェル・ド・モンテーニュもまた、新しい世界に住む新しい道をもった人間の問題によって、同一の相対論的危機を経験していたのであった。

――われわれはペリゴール人である、あるいはドイツ人であると同じ資格において、キリスト教徒なのである。

ここに一つの、秘められた嘆声が聞えていないであろうか。われわれはペリゴール人、あるいはドイツ人であると同じ資格においてしか、キリスト教徒ではありえないのではなかろうか……。普遍絶対世界における普遍絶対キリスト教というものはありえないのではなかろうか、という……。

相対論的世界像は、二十世紀の今日に於ても、完結されたものではない、特に政治の世界に於て。また特に戦争を発起するについて。

騎士マンダヴィルラのこの著書はまた、パレスティナの聖地にあってさえ、ギリシャ正教をはじめとして、様々なるキリスト教がありうること、ローマの教会と切れたものがありうることを教え、特にモハメッドの宗教は、メノッキオの天国を美しく色どってくれたのであった。

十六世紀は宗教戦争や破門、あるいは異端派の火刑などの、殺伐たる空気に満ちてはいたが、右のような書物が各国語に訳され、版をかさねていたことは、宗教的寛容を求める底流が絶えることなく存在していたことをも、証し立てるものである。

さてメノッキオは、書物からえた知識を駆使し、物質、自然、合一、要素、実体などの抽象概念を、たとえば母親、胎児、牧者、大工、石工、木挽、鋸、釘、トンカチなど、農民の生活のための具体的道具をテコにして動かし、たとえば、審問官が、霊と魂の別についての瑣末な

議論にこだわっているときに、突如として、

『神は人間に、知恵と記憶と意志と思考と信念と信仰、そうして希望との、この七つのものを与えられました。それはあたかも大工が働くに際して斧と鋸と、材木その他の道具を使うのと同じであります。けれども天国では、そのようなものは不要なのであります。何故なら天国は……』

というふうに、知性道具論と、華麗なイスラム風天国構想とが、連続して行くのである。

かくては審問官たちも、彼等自身が持する瑣末論をも背負って、もはや解き難い蜘蛛の巣、あるいは脱出不可能な迷路へ導き入れられてしまう。世界創造に関しての、牛乳――チーズ――蛆虫――天使――神の継起説も、その典型の一つであった。

メノッキオの農民としての頑固一徹さは、余すところなく発揮された。


五月十二日、審問は結審を迎えた。

メノッキオは、牢にあって鉄鎖につながれていた。五日後の十七日、メノッキオは自ら求めて弁護士の干渉を謝絶してこれを解任し、審問官に長い手紙を書いた。

『父と子と聖霊の御名により……』と書き出された手紙は、要約すると、自分、メノッキオは

神と教会の戒めを踏み破ったことは認める、が自分はつねによきキリスト教徒であったこと、審問官に指摘された矛盾は、悪しき霊に導かれたせいであり、自分の言ったことは、真理ではなく、『意見』であること、自分はエジプトへ売られて行ったヤコブの息子のヨセフの如きものであり、自分を売った村の司祭をはじめ、村人を恨みはしないこと、投獄されるについては、四つの理由があったことを認めること、審問官はまさにキリストそのもののように慈悲深き者であるべきこと、されば、百と四の夜を恥辱のうちに暗い牢獄で過し、子供たちを不幸にし、悔い改めている者であるが故に、審問官は慈悲と許しを以てすべく、怒りと罰を以て遇すべからざること、という堂々たるものであった。文章は頭韻、あるいは首句反復の法を踏んでいて、朗誦に堪えるものであった。恐らく読むことは容易に出来ても、文章を作ることになれていないメノッキオとしては、頭韻、首句反復の方が書きやすかったものであろう。

この書簡を受け取った審問官側の反応は、記録されていない。けれども、審問官側が目をまるくしたであろうことは、容易に想像出来るであろう。自分は売られたヨセフであるが、売った司祭や不利な証言をした村人は許す、審問官とこのヨセフ＝メノッキオはパラレールな位置にあって、後者が悔い改めているのであるから、前者は怒りと罰を以て処すべからざるものである。

書簡が提出された五月十七日、如何なる理由によるものか、その同日に、判決が下された。有罪、である。驚くべきことに判決文は、通常の異端審問判決文の四倍か五培の長きにわたっていて、告解は単に神に直接すれば足りるというメノッキオの主張は、宗教改革派のものであることからはじまり、審問官たちがかつて学んだ古代哲学の一大復習が行われ、マニケイズムその他にも触れ、誰もがひとしく救われるという説は、アレクサンドリアのオリゲネスの異端説であると断定し、最終的に、公けに悔い改め、異端説を誓絶すべきこと、今後永久に、胸と背に赤い十字架を縫いつけたhabitelloと称される着衣をつけるべきこと、かくて、

異端審問所は、厳粛に、汝を閉ざされし壁の間に禁固せしめ、今後の全生涯を斯《か》くすべきことを以て、罰とする。

と、結ばれていた。

メノッキオが、コンコルディアの牢獄に閉じ込められて二年の月日がたった一五八六年、一月の十八日に、彼の息子ジァヌートが、残された母と兄弟たちの名において審問官に嘆願状を

提出し、これにメノッキオ＝ドメニコ・スカンデルラの短い書簡をも添えた。後者の今回の書簡は、メノッキオ自筆のものではあったが、二年前のものとは様変りがしていて、そのへり下った文体は、弁護士のそれと判断をされている。保証人には彼の友人の一人が立ち、違反した場合、二百ドゥカートを支払うことになった。

身も心も打ち砕かれて、メノッキオはモンテレアーレの村に戻り、水車小屋に腰をおろした。胸と背の、烙印のような赤い十字架のまわりを、歳月が過ぎて行った。

しかしその烙印にもかかわらず、一五九〇年には教会の世話役代表に任じられた。新任の司祭が来ていた。

一五九五年には課税評価人を選ぶ議員に選出された。

その後、如何なる理由があってか、恐らくやはり村にはいにくかったものであろう、メノッキオは水車小屋を出て、村の子供たちに読み書きを教え、祭日には楽隊の一員として、方々の町や村の広場でギターを奏くことを選んだ。もとより村の外に出るについては、審問所の許可が必要であった。かくて外に出る仕事につくとなれば、赤十字の烙印は甚だしい困惑の因となる。一五九七年一月二十六日付の手紙で、これを特免されんことを願い出て許された。

自由が恢復されたのである。

粉屋メノッキオは、楽隊屋メノッキオに変った。

けれども、メノッキオの知らぬ間に、再び異端審問所は秘かに調査を開始していた。一五九六年のカーニバルに、メノッキオはウディネの町へ下り、そこでルナルド某なるヴァイオリン弾きとともに楽隊屋をつとめた。このルナルド某が、メノッキオとの次のような会話を、異端審問所に通報をした。

メノッキオ、「お前さん、修道士になりたいって、本当かね？」

ルナルド、「いい話じゃないかね？」

M、「いや、それは乞食の類いになることだ。」

L、「修道士になるってことは、乞食になるってことだというのかね？」

M、「聖者や隠者なんぞの、聖なる生活を送ったという人たちが、しまいにどうなったか、誰も知らない。」

L、「神がそういう秘密を知られたくお思いにならないのだ。」

M、「もしおれがトルコ人だったらキリスト教徒になどなりはしない、だけどおれはキリスト教徒だ、トルコ人などにはなりたくない。」

L、「トルコ人やユダヤ人は、キリストが処女マリアから生れたことを信じやせぬ。」

M、「それがどうだと言うのだ、キリストが十字架にかけられたとき、ユダヤ人が、〝もしお前がキリストなのなら、その十字架から降りてみろ〟と言った。が、降りなかった。」

L、「それはユダヤ人の命令に従わぬというところを見せたかったのだ。」

M、「キリストには出来なかったからだ。」

L、「じゃ、お前さんは福音書を信じないのかね?」

M、「おれは信じない。ろくでもないことしか出来ぬ坊主や修道士が、他にすることもないので次から次へとあんなものを書いたのだ。」

ルナルド某は、メノッキオをただメノッキオとしてだけしか知らなかった。このメノッキオが、かつてのドメニコ・スカンデルラと同一人であることに審問所が気付くまでに、二年の歳月が必要であった。

メノッキオはメノッキオであり、如何なる意味でも、変りも、転がりもしていなかった。

審問所の調査によると、彼を告発した村の司祭は、メノッキオの家族や親戚によって村八分にされて追い出されていた。メノッキオはときどき赤十字の衣を、シャツの下に着ていた。また彼は、『月や星や、その他の天体を見たり、雷が鳴ったりしたとき、すぐさまに、何が起ったのであるかについて彼の意見を言いたがった。が、しまいには、おれの意見などちっぽけなものだと言って、多数の人々の見解に従うようになった。』

すぐさまに彼の意見を……、しまいには多数の人々の見解に……、赤十字を背と胸にした人の苦い孤立感が読みとられるであろう。

審問所から意見を求められた新任の司祭は、メノッキオは年に何回か告解にも来、聖餐も受けていることを記して、『私としては、彼はキリスト教徒であり、名誉ある人と考えます』と書いたのであったが、この意見書が審問所に提出された後に、何かこの司祭をして後込《しりご》みをさせるようなことでもがあったのか、カッコ内の証言のあとに、『外部から判断出来ます限りに於ては』と付け加えてほしい、と申し出ている。

多数の人々の見解に……、それならば無害であろう。一五九九年一月に、一応メノッキオを召喚しようという決定が下されたが、決定はやがて取消された。

けれども審問所へは、単にモンテレアーレの村からだけではなく、楽隊屋として彼が出掛けて行った町や村からも、頻々として彼の『意見』なるものが通報されて来た。

やがて、決定が下され、一五九九年六月の終り頃に、メノッキオは再び逮捕され、今回はモンテレアーレ村から南十キロのところにあるアヴィアーノ村の牢獄につながれた。第一回の逮捕から十五年の歳月がたち、その間、通算三年間は獄中にいたのである。

メノッキオはもう六十七歳になっていた。身は痩せ衰え、髪は白く、髭も灰色から白にうつりつつあった。しかし粉屋の袖無しの長い上着と、灰色の縁無し帽だけは同じであった。

七月十二日、第一回審問が開始された。

調書にもとづいて審問官が、お前はA村のBに対して、あるいはC町のDに対して、かくかくしかじかのことを言ったかどうか、と、論理的罠を用意しての訊問をしはじめたとき、メノッキオは審問官をおさえて注目すべき議論を展開した。

『ちょっとお待ちになって下さいまし。私の申しますことに、耳をお貸し願います。』

耳をお貸し云々は、イタリア語では、Ascolta!（聞け）との、ただの一語である。

発議権が顚倒してしまっている。

『むかし、偉い領主がいまして、三人の息子のなかから跡継を決めるにつきまして、領主の立派な指輪を見つけた者が跡継となる、としました。ところが領主が死んでみますと、三人ともが同じ指輪をもっていたのであります。三人ともおれこそが跡継だと主張しましたが、指輪はみな同じで、確かめようがなかったのであります。これと同じことで、父なる神様は、自ら愛されておりました様々な子供たち、すなわちキリスト教徒やトルコ人、それからユダヤ人などをお持ちになっていまして、彼らがおのおのそれぞれの法によって生きるための意志を、お与えになったのであります。そうして私たちは、どの法が正しいかを、知らないのであります。私が、私はキリスト教徒として生れたのでありますからキリスト教徒として生きたい、と申しましたのは、いま申しました理由によるものでございます。もし私がトルコ人として生れたのならば、トルコ人として生きたいものと考えるでありましょう。』

——ではお前は、どの法が正しいかをわれわれは知らないのだ、と信ずるか？

『左様でございます。私は、おのおのはおのおのの信仰を正しいと考えるのであって、どれが正しいかを私どもは知らないのである、と信じます。ただ私は、私の祖父、父、そして私の村人たちも、みなキリスト教徒でありますから、私もキリスト教徒であり、かつこの信仰は正しいものと信じるものでございます。』

それは瞠目すべき瞬間であった。

発議権の顚倒はもとより、どちらがどちらを裁いているのであるか、判断は容易ではない。

審問官はこれに続く訊問によって、先の三つの指輪の論が、ボッカチオの非削除版『デカメロン』中にあったものであることを知った。ローマの異端審問所は『デカメロン』中の、鄙猥な部分に対して寛大で、宗教論議に関してより厳しかったのである。

『大いなる神は、キリスト教徒にも異端派にもトルコ人にもユダヤ人にも、すべての人に聖霊をお与えになり、彼らのすべてを大切なものにお考えになり、従って彼らのすべては、同じように救われるのであります。』

一七八一年の信仰寛容令が出るまでには、まだ一八二年の歳月が必要であった。

ボッカチオに代表される都市知識階級の高度な文化と、地下に底流していた農民文化とは、ここに、一点に収斂している、という見方も可能であろう。フランソア・ラブレイやモンテーニュも、メノッキオからそう遠いところにいたわけではない。

八月五日、メノッキオは、身体検査をうけた上で二度、拷問に付された。彼と同じ考えの同類の名を吐かせるためであり、拷問は吊るしの刑であった。『おお、イエス・キリスト様』とメノッキオは悲鳴をあげたが、訊問に対しては『憶えておりません』の一点張りであり、二度目のときには、『言うことがあるから、降してくれ』と言い、土間に腰をおろしてから、『領主のツアン・フランチェスコ・モンテレアーレ様には話しましたが、お前は気違いだ、と言われました』と、答えた。したたかであるというべきか。

審問官たちは、通称メノッキオ、モンテレアーレ村の粉屋ドメニコ・スカンデルラを処刑することを、躊躇した。一年にもわたってコンコルディアの審問官と、ローマの大審問官の間に、何度も書簡の交換が行われ、ついに法王クレメンス八世の直命によって、メノッキオは、死刑に処せられた。その日付だけが明らかではない。火刑であったか、絞首刑であったかも、明らかではない。

かつて筆者の住んでいた、スペイン・カタルーニア地方のある村の牢獄は、二十メートルほどの断崖の中ほどに横穴を穿ち、鉄格子をはめ込んだものであった。十九世紀半ばまで使われていたという。

参考文献

Carlo Ginzburg : Il formaggio e i vermi.

聖者の行進

教区顧問アントニオ師は、乾き果ててすでに砂漠にも近い、砂礫の荒野を、跛をひきながら歩いていた。身は痩せ衰え、頬は骨に張りつき、梳《くしけず》られたことのない髪は、綯《なわ》れた縄のように両肩に散りかかって背と胸に分れている。

師はまさに古代基督教の、荒野に飢えて祈る聖者を思わせた。聖者は、荒野に座して祈る。

しかし、教区顧問アントニオ師は、ただ一言のほかは、ひとことの言葉を発することもなく、乾き切って皮を着た骸骨の身に、綿製の、すでに襤褸と言うべき僧服をまとい、一本の巡礼杖に身を托してひたすらに歩きつづける。時に幾日も食することなく歩きつづける。

眼窩深く落ち込んだ両の眼は青い輝光を放ち、如何なるものを見ても、皺にきざまれた顔の皮膚を動かさず、ただ、人影を認める時、

「われに、続け！」

と、叫《おら》ぶのみである。

そのほかに、師はことばをもたぬかに見えた。

そうして、人々が、師にさも劣らぬ襤褸をまとい、また師に劣らず乾きと飢えに痩せさらばえた人々が、師の背後に続き、あるいは時に師をとり囲んで拝する時、師の口から発せられる言葉は、怖るべき予言であった。

その怖るべき予言の他には、師に言葉はなかった。全き無用のものであった。

予言は、黙示であり、世の終焉を告げるものであった。

水は血となり、光りは消え失せるであろう。世は闇となり、やがて地には帽子のみ多く残り、生ある頭《あたま》は極く少くなるであろう、と。また人は、東方に大兇の箒星を見るであろう、と。

教区顧問アントニオ師は、乾き《ラ・セッカ》に荒廃し果てた奥地《セルタン》の、すべての飢えたる人々に、裸の岩山と砂漠のさ中の、荒れたるなかにも荒れ果てて生の徴《きざ》しのまったくない、その名をカニュドスという見捨てられた村落趾へ、われに続いてカニュドスへ来れ、と叫ぶ。その声はしわがれて、金属片を砂礫にこすりつけるかに響いた。声は、狂った太陽が叩きつけて来る、金属の熱い細片のような光りにぶつかって響いた。

カニュドスとは、ポルトガル語で、管、筒、巻毛などを意味し、俗には、騙す、あるいは失望をさせること、などにあてられた。

かのカニュドスこそ、最後の聖なる土地である。されば人々は、師の背後にあってカニュドスめざしてその衰えた歩を進めた。人々は蟻の如くに列をなして進み、その先頭を、跛のアントニオ師が身を杖に托し、前かがみに、ぎくしゃくと歩く。

十数人、数十人、旬日にして列は数百人を数え、すでにその数はたちまち千人を越えた。そうしてこの蟻の列の通り過ぎた道筋は、老、幼、病者の屍によって跡づけられていた。道に迷った者、あるいは一時落伍をした者は、これらの乾き切った屍の道標を辿って行けば、聖地、最後の聖地たるカニュドスへ誤りなく着到する筈である。

聖地カニュドスは、砂礫砂漠の只中に在る廃村であった。一切に望みを失い、恐慌に顚倒した人々は、この廃趾に蝟集し、廃屋の礎石、木材などをとりあつめ、至尊なる会堂を築く。それは至尊なる会堂であると同時に、言うまでもなく城塞である。

人々は、身につけた襤褸の他には、何一つ持たなかった。完全なる無一物であった。金、穀物、武器、家財、食器、大八車、牛、馬、羊、驢馬等の一切は、信仰の証しとして、教区顧問に捧げられていた。

廃村カニュドスを支配するものは、教区顧問に対する仰慕のみである。

師を頌する行列は日々に道に土埃を巻き上げ、師を頌する集会もまた少くなかった。祈りだけが唯一の救いであり、唯一の現実であった。

祈りならざるものは、悪徳も、殺人も、乱淫も何かはせん、一切は許されていた。教区顧問アントニオ師の、眼、鼻、耳、口を除けば皺だけしかない顔を見上げ、この大乾燥地帯にあって、おのれの眼に一滴の泪を流し得さえすれば、一切は許されていた。師は人々の、俗世一切の罪業を一身に受けて立っている——基督の如くに。いや、まさに基督として。

十字架、聖母像、聖遺品等、数々の聖なる物が、塵芥捨場、あるいは襤褸堆積場の観ある場所に捧置され、老、幼、男、女の乾き果て、萎れ、色褪せてすでに絞首刑を受けたかの如き、数百千の顔貌の上に、高く抜きん出て掲げられている。

人々は最終の聖地に、至尊なる会堂をめぐって蝟集し、異相な道筋を辿ろうとしている。

廃趾カニュドスは、いまや単に狂せる信仰者の集落であるにとどまらず、それは眼にも歯にも武装した城塞でもあった。

そうして教区顧問アントニオ師の顔には、日毎に、赤、青まだらな死斑があらわれはじめていた。しかもこの師ただひとりの栄光のために、俗世の法を否み、殺し、淫し、盗み、そうして祈る。人々はカニュドスを根拠地として四方に散り、村々を襲って食糧を、武器を奪い、人々を殺し、かつ徴集した。

されればカニュドスは、当局者によって叛逆者の集団と認められなければならなかった。

またされればこそ、この奥地住民《セルタネホス》たちは、戦いに備えなければならなかった。古銃を手にした襤褸の民は、まさに狂せるに近かったけれども、不思議に、アントニオ師そのものの如くに、彼らの眼は青白く冴えていた。人を殺すについても、彼らは大声や激語を発することなく、黙々と、殺した。

カニュドスに到着しての後、師の眼からは青の輝光は消え、山中の湖の青の如くに、眼には不気味な静謐が湛えられていた。

人々は、アントニオ師を、至尊にして、かつもっとも冷たき、冷厳なる師、と呼んでいた。この至尊にして、かつもっとも冷厳なる師は、彼の忠誠なる扈従者たちに、敵の屍を積んで高い山を築くであろう、と誓った。


軍律のきびしい軍隊は、剣光、金、銀の勲章、肩から胸にかけての金モールなどを、またありとあらゆる鉄、銅などの武器を、残酷な、熱い金属の細片のような陽光に輝かせて進軍をして来た。竜騎兵の胸甲もまたきらきらと光りを反射していた。青地に赤の太い筋の入った軍袴《パンタロン》の整然たる動きは、行軍訓練の行き届いていることを証していた。行軍の、少くともはじめ数日のほどは……。

軍は、革製品と、武器用の油と人間の汗の匂いとの入りまじった異臭を行進とともにまき散らし、マラリア、熱帯熱、黄熱病などの病原菌をもつ虫類をその周囲に呼び寄せつつ、この半ば永遠の旱魃に呪われた地の土埃を全軍ともどもに浴びつつ行進をして来た。呪われたる軍隊よ！

＊

ブラジル北東部にひろがる、広大無辺の内陸曠野は、ポルトガル語でセルタンと呼ばれた。広さはフランスの二倍はあり、酷烈な陽光に照りつけられた地は湿気を奪い去られて砂礫とごろた石にみち、地味は瘦せていた。生い茂ることの出来る植物は、すべて棘をもっていた。動物から身を守るためである。一言で言って、砂漠であった。あるいは、砂漠の一歩手前であった。ここに二千五百万の人々がいた。

二千五百万の人口は、如何にこの内陸が広大無辺でフランスの二倍あろうとも、養い切れるものではなかった。

この地は、生皮を剝がれた土地であった。血溜りのように赤く広がった、粘土質の赤土平原のそこここに、花崗岩層が横倒しになった古代巨獣の骨のように、灰白色に露頭している。また片岩の薄青い高台が、テーブルマウンティンとして海のように広がっている。

強風と太陽による侵蝕の跡はいたるところに歴然と跡をとどめ、あたかも自然による、自然のためのみの広大な実験場であるかの如き感を与えた。底知れぬ穴、巨大な窪みや洞穴の類いもまた稀ではなかった。古代森林がそのままで化石と化した、化石の森林もまた数カ所に存した。

この北西内陸の未開地《セルタン》——未開地、それは優しいひびきをもった言葉だが——のうち、砂礫に薄い土層のまじった部分を、人々はカティンガと呼んだ。ポルトガル語でカティンガとは、叢林というほどの意であったが、そこに、相互にかなりの距離をおいて生えている植物は、肉質の葉のようなものをもっていた。肉質と言えば、何ほどか樹液に富んだ豊かなものを聯想されるかもしれなかったが、これもまたとげとげしい棘で武装してい、しかもいじけ果てて高さは人の腰にも達しなかった。しかしながらもし人が、この植物を引き抜こうとしたとしても、一人や二人の力で抜けるものではなかった。

叢林《カティンガ》は、実は地下にあるのであった。根と言うよりも、むしろ幹であり、枝であるものは、地の下に潜って繁茂した。根はさらに、より深く地を貫き抉って深くに湿気を求め、その幹と枝は薄い土層のなかに位置して直径十メートル、二十メートルもにわたる広さをもって盤踞した。人間一人や二人の力で引き抜けるものではない。穴居植物とでも言うべきか。

植物さえが地に潜る、陽光と熱線に荒廃した砂礫の地にも、人と動物は生きなければならなかった。乾き切って、生きながらに木乃伊《みいら》にならぬためには、甲殻類が貝殻をかぶるように、何らかの蔽いが必要であった。すなわち、人も家畜も、死んだ動物の皮をかぶった。生きた牛に、死んだ牛の皮をかぶせて乾きをふせがねばならなかった。牛は二枚の牛の皮をかぶって生きた。

怖るべき、光りの地獄であった。

時に、恵みの雨が訪れることがあっても、植物があわてててつけた葉と花は、いくばくもなくて地に落ちて、葉と花とのあわれな堆積をつくるにとどまった。

地は尽きせぬ食慾をもった太陽に貪られて次第に砂漠化して、この代赭色の砂漠が叢林地帯《カティンガ》を包囲して、徐々に侵蝕をして行く。

そこへ、内陸北東部からの烈風が襲って来る。また、時に摂氏六十度に達する大地表層部の熱が旋風を呼ぶ。風は、乾燥を一層激化させる。乾きを、人々はセッカと呼んだ。

生れた子供の半ばは、いくらかの雨量に恵まれた年でも、死んで行った。子供たちは、泥を食べた。人々は練土の家のなかで日を避け、なるべく動かないようにしていた。生きる力を節するため、である。年老いた者、痛いに倒れた者は、自然、死ぬ。

しかし、最悪、最凶の年がある。大旱魃《セッカ・グランデ》、全的旱魃である。

来る日も、また来る日も、この大平原に住む人々は、贖罪の連禱を誦え、巨大な十字架の背後につらなって行列をし、家から家へと部落中を練り歩いた。列のなかには、われとおのれに笞刑を加え、またありとある苦行をくりかえす人々がいた。さらに、肩に道路敷の鋪石をかつぎあげ、われと道に倒れて事切れる者もいた。

同類の皮を着た家畜たちも、衰え果てて蹄で地を掻いた。水を求めて、である。動物たちもまたこの内陸奥地《セルタネホス》住民の一員である。人々は踏鋤や鍬で地を掘り、地下に水脈を求めた。不可能の夢である。植物でさえが地に潜っている。もし地下に水脈があるならば、彼らの方が先に占有してしまっているであろう。

踏鋤、鍬を捨てた人々は、平原にさまよい出て、球根を求める。根を、樹皮を求める。家族と、家畜を救おうがため、である。狂気、と、言わば言え。野生の動物たちもまた、狂う。蝙蝠は牛を襲う。数十百もの、この悪夢のような蝙蝠どもは、羽音も不吉に牛の血を吸い、これを殺す。しかも蝙蝠はペスト菌を運ぶ。

数万のガラガラ蛇が、申し合せたように、人の作った道にあらわれ、道路はあたかも流れ行く川の如き観を呈する。せせらぎの音までをたてて。この死の蛇の川は、練土の家を襲う。また廃屋の周辺を、このあたりに特有の豹が音もなくうろつく。人間の子供を奪おうとする。この豹と、人間は刃をかざして戦おうとする。

髪の長い母親の胸に、子は吸いついたままで息を引きとって行く。乳は、もはや出ない。乳牛もまた、乳を出さぬ。倒れる寸前の牛は、茫々と鳴く。

倒れる前に、人々は大いなる穴を掘らなければならぬ。乾き切った屍を埋めるための、共通の穴である。ほとんど木乃伊《みいら》に近い骨と皮に還って、死んで行く。男も、女も、子供も。彼らを埋めなければならぬ。未だ生き残っている者は、異様な夜盲症に罹った。夜盲であって、しかも昼は幻像に襲われ続ける。飢えから来る、ありとあらゆる肉体の歪みが訪れて来る。浮腫、水腫、化膿等々。

太陽がこのままに仮借なく地を射つづけ、乾き《セッカ》の風が吹きつづけ、暑熱がついに肉質の叢林《カティンガ》にさえ火をつけるとすれば、一切が光りでありその反射でありつづけるならば、もはやその地を捨てるより他に道はない。時に、最後の死者を埋める力もないままに、地を捨てるより他に道はない。

　痩せ細った棒のような足に、浮腫、水腫によって異様に膨脹した腹をのせた異形の人間の、脱出行《エグソドス》である。人々の屍を道標とした脱出である。死ではなく、生命を求めて、狂気と幻像に襲われつづけて、人々は不可解な本能から道沿のありとあらゆるものを破壊して行く。練土の家を見ればその家を崩し、教会からは十字架、聖像を持ち出してその余を破壊する。死に瀕した者は、すでに無人となった小邑にとどまり、身を投げて後続の人々に食物を乞う。しかし誰も彼もが飢えているのだ。

　時に彼らは数百キロ、千キロ余も歩き、やがて消え失せる。砂漠の川に、ひとしい。また時に彼らは、途中で引き返す。大乾燥《セッカ・グランデ》がついに終りを告げるならば、生き伸びることが出来る。


　北東大内陸の、この乾燥と暑熱の地に、貧困以外のものがあったことはない。この地が人々に愛されるべき理由を見出すことは、きわめて難しかった。人のあるべき地ではなかった。自然をして、自然にまかせておくべきの地であった。しかもなおこの地に、二千五百万の人間がいた。そのほとんどすべての人々にとって、生は堪えがたい流刑であり、死は解放であった。小児がこの地を去った日は、祝うべき日でこそあれ、呪うべき日ではなかった。死せる者の、その上天にひらけた無限の空を見上げる親たちの悦びは、想像を越えた。昇天をした小天使の横たわる死の家から、七弦胡弓と笛の音が聞えて来る。これらすべての艱難の仕上げをするものは、宗教である。

理の外の、集団神経症状、と言うことも出来るであろう。

平原《セルタン》の全体に、人々の全的錯乱が起きたことも十指をもってしても数えがたい。狂気、錯乱に、平原の全体が痙攣をする。

一人の見神者が立ち現われて、あたかも血に飢えでもしたかのような犠牲を要求する。啓示、見神は、つねにある一定の形式をもっていた。

この平原の中心地域であるペルナムブウコ州に、絶壁が高く垂直に立ちはだかって峡道をなしている、巨大な岩のみによってなる無人地帯が存した。ペドラ・ボニタの名で呼ばれていた。美しき岩、の意である。

一人の預言者があらわれ、近在近郷の人々に、この岩を砕け、と叫《おら》ぶ。但し、鉄棒等の道具を以てではなく、あろうことか小児の頭を以て砕け、と呼びかける。われに忠誠ならば、この大いなる犠牲の燔祭の後に、光り輝く守護の兵を引きつれた大いなる王があらわれ、悪しき者を悉く罰し、忠誠なる者に尽きることなき富を与え給うであろう、と。この陰暗なる魔に、人々は魅せられる。

かかる告知に、群れ集った母親たちはおのもおのもの嬰児を両手に高々とさし上げ、群れをなしてわれ先に犠牲を捧げようとする。たちまちに、血は岩を赤く染めて絶壁の内壁をつたって滴り落ち、峡道の底にどす黒く陽光を反射する血溜りを形成する。

怖るべき受難劇、あるいは錯乱者の求めに応じての、血にまみれた屍を求める劇が、幾度上演されたことであったか。

人々は、記憶の底に、『悪しきことなき地』をもっていた、この悪しきことのみの地において。

この内陸平原住民《セルタネホス》の祖先である原住民族の『悪しきことなき地』の夢に、入り混って来た白人の血が、異様な形式を与えた。しかもこの白人の血が与えた形式は、異様に多量の血を要求するものであり、乾きの地にあって人々は自らの血に溺没しようとしていた。

無辺に広大な、ブラジルと称された地に、征服者である白人の精液が注ぎ込まれ、無限の乱数をもつ混血が生じた。しかもこの平原にあって混血は一種特異な、きわめて片寄った同質混血を生ずる結果を来していた。あまりに無辺、あまりに広大すぎるために、交流不可能な地域の特殊性に基くものであった。

想像をしてみてほしい。四世紀、あるいは五世紀の歳月にわたって、白人たちが徒党を組んでこの内陸に乱入をしつづけた。エメラルド宝石の山を求めて、あるいは銀塊を求めて、である。金銀財宝もエメラルドも何もありはしなかった。原住各部族との乱淫の結果だけが残された。未開野蛮の徒と見られていた種族の女、開化の民と称していた男たち、そうした男たちを教化すべく、砂礫の地を踏み越えて入って来た僧侶たち、これら三者の乱淫の結果が残された。白人たちは原住民族の男を使い潰し、殺戮した。しかし屍の数よりも、長きにわたっては生れる者の数の方が多かった。

緑の宝石、金、銀を見出すことに絶望した男たちは、やがて出て行った。たまさかには、とどまって牧畜をはじめた者があった。牛を飼う者は、彼らが生みつけた混血児たちであった。彼らは自ら牛飼いをも生産したのである。混血に混血が重ねられた。但し、他との交流は不可能であったから半ば永遠の同質混血である。彼らは、このあまりに広大にしてあまりに無辺の地に、閉じ込められた。あたかも洋上孤島の住民のように。宗教がそこに目をつけた。この時間と空間に超絶した内陸孤島に、天国を築くことが目論まれた。

僧侶司祭は、はるかに大西洋の彼方から王の勅書を得て、外部から、白人をも含めて如何なる者も侵入することを許さず、また東方海岸地帯とも、南部のより肥沃な地との商行為をも含めての、一切の交流を禁じた。それは自ら望まれた孤立でもあった。なぜなら、ひとたびこの内陸の状況を知った白人たちは、もはや近づこうともしなかったからである。

ここに、約束の地が成立する筈であった。天国が出来る筈であった。

しかし、夢魔に憑かれた僧侶司祭の約束したものは、地獄であった。司祭は、人々の絶対服従を要求して、口から火をさえ吹いて見せた。

かくて三百年間、平原は蓋をした甕のようなものであった。同一の鋳型に従った同質混血が連綿とつづけられた。それは一つの異様な、民族、でさえあった。顔色は石黄色で、一様に無口で、髪はしなやかに、しかし体軀は一様に醜くねじれ曲っていて、どこか出来損いという感を与えた。しかし彼らはまた一様に鉄のような筋骨をもっていた。そうして彼らの社会は、絶対服従と、その裏腹をなす、腹背の暴力社会であった。とは言え、もはや野蛮未開時の予見不可能な、火の燃え上るような種類のそれではなく、陰に籠り、執念にこりかたまった暴力社会であった。

村落の昼は、人の気配もなく静まりかえっていた。しかし人々は昼寝をしているのではない。たとえ昼寝をしていても、誰かが眼をかっと見ひらいて息をこらしていた。人々の常住は、つねに諦めに衰え、失望に疲れ果てているかに見えた。しかしたとえ表面にかくの如く見えたとしても、いつ如何なる時に突如として、たとえば村はずれの叢林《カティンガ》の影から誰が待伏せにとびかかって来るか知れなかった。村の一軒一軒が、一軒一軒に対して、村は村に対して敵対をしていた。裏切りは日常であり、復讐は倫理の第一項であって、時間は勘定の外であった。この平原でもっとも豊かなものは、時間であった。いつまでも好機を待つことが出来る。牧畜領主は、つねに身のまわりにピストレロスと称される護衛をもたねばならず、この護衛を監視する人数をもまたもたねばならなかった。人は自由を求めて警察国家をつくるにいたり、天国を求めて地獄を創り出す。

平原の人々は、多くの場合、疲労し困憊し果てたという様子で、練土の小屋の戸口にしゃがみ込んでいた。しかしそれは飛んで他人の咽喉を掻き切るためにしゃがんでいるのであるかもしれなかった。

この地にあって一切は矛盾していた。操り人形のように人々はぎくしゃくと歩いて行く。しかし襤褸につつまれた筋肉は鉄のバネをもっていた。人々は絶望と飢えにうちひしがれていた。しかしその眼は、おそらくは彼ら自身もその始源を知らぬ怨恨に燃えていた。自らその血を身にもちながら、白人に対する嫌悪と憎しみは、数百年来の混血にもかかわらず決して消えていなかった。白人領主に一団のピストレロスが必要な所以であった。しかもなお、たまさかに原住民と相対することがある時は、彼らは自らを白人《ブランコ》として意識し、彼ら自身の片方の祖先である原住民を、狂熱的に、徹底的に、殺した。またこの強制閉鎖地域における、僧侶司祭たちの、これも数百年の長きにわたる徹底的な、教化の名による圧伏、圧搾の作業がつづけられたにもかかわらず、もっとも原始野蛮な、しばしば血を見る偶像崇拝の儀式も決して衰えていず、狂信カトリシズムの最蒙昧野蛮な迷信の数々もまた並び存していた。数百年にわたる教化によって、この二つの要素は、彼ら自身の存在がそうであるように、血のなかで混淆し、世にもっとも強固な、懐疑の余地のない一宗教を形成していた。如何に蒙昧野蛮であっても、人がそれによって救われ得るならば、宗教の名を附することになんの躊躇を要しよう。

十九世紀末、精神錯乱者にして神託受領者、偏執狂者にして聖者、預言者にして悪魔であり、かつそれらのすべてでもあった教区顧問アントニオ師が出現したのは、これらの孤立閉鎖地帯のなかでももっとも純潔かつ完璧に維持されて来た地域からであった。

教区顧問アントニオ師の第一声は、

「われに、続け！」

であった。

＊

軍隊はカニュドス目指して、赤褐色の土埃を巻き上げて行進をつづけた。

しかし、道の半ばで軍隊はすでに兵員の三分の一を失っていた。乾《セッカ》きと渇きは、檻褸狂信の徒と、軍隊とを差別しなかった。海岸の肥沃にして温和な気候のなかで育った兵士たちは、熱射に対しても、熱病に対しても抵抗力を欠いていた。乾きの内陸平原は、同じ大陸に属するといえども、兵士たちにとってまったく馴染みのない、かつて見たこともない異相な自然であった。

教区顧問アントニオ師と檻褸の扈従者たちの、信ずべからざる確信は、たちまちに実証された。

屍を築いて山と為す、という師の誓約は、果された。

軍は、人狩りをする、というほどの心持ちでやって来た。けれども、狩りたてられ、追いたてられて亡滅したのは、正規軍の方であった。怖るべき惨劇が、叢林《カティンガ》のなかで、また渇きと死以外の何物もない平原に展開された。一連隊の全員が、赤い土埃のなかで息絶えて行った。

アントニオ師麾下の襤褸の民は、豹のようにしなやかに平原を駆走し、蛇のように地を這い、正確に、方法的に、確実な一撃によって待伏せ攻撃を成功させ、兵の咽喉を掻き斬った。彼らはどこにでもいる、と軍の側には思われた。戦いはつねに短く、残酷であった。戦いが終って、武器が増え、強力になって行くのは襤褸の民の側であった。

再び、いや二度、三度と政府軍はカニュドスへと進軍をせねばならぬ。二度、三度、軍隊は赤い土埃のなかに消えた。

預言者に栄光あれ、と広大な北東部内陸平原から百千の襤褸の絶望者たちが集って来、カニュドスは人々に満ち溢れた。平原の人々の大半がカニュドスへ惹きよせられ、聖なる教会堂はその中心となり、廃屋をこわしてつくられた会堂は石造の巨大なものに建て代えられた。毎日毎日、儀式、祭礼、襤褸の行列がつづけられた。

新たに送られた軍隊は、戦わぬ前に、すでに怯えていた。彼らは、あたりの一切について怯えていた。生皮を剝かれた自然、風景、未知の、そして昼夜をわかたぬ伏兵に対する恐怖、囲繞されているのではないかという猜疑……。

この砂礫砂漠のなかにあって、兵糧や弾薬を積んだ車輛を奪われるだけでも、あるいは水樽を積んだ車を奪われるだけでも、すべては終りである。

兵たちは落伍し、行軍は遅滞する。地図は不完全であり、案内者は襤褸の一味であった。行き止りの峡谷に導き込まれ、上から巨石を落された。

自然も人間も残酷であった。生きて捕われた兵は拷問を加えられる。拷問は余興であった。別に何を問わなければならぬということもなかった。生き残り、かつ捕われなかった兵は、一散に逃亡をするが、この乾きと渇きの地にあって、海岸から来た者に生き伸びる法を見出すことは出来ない。負傷をした兵の前途は、要するに乾いて行くだけである。

タミンリンゴ大佐とその指揮下の連隊の運命は、とりわけて苛酷であった。連隊は、カニュドスの近くにまで、わざとひきつけられた。

勝ち誇った襤褸の民たちが何をしたか。それは言語に絶した。叢林《カティンガ》の棘ある木の下で、傷の痛みにうめいている負傷者を、あるいは熱射によって縮みはじめている屍を、二十日鼠ほどもある飴色の蟻や平原のあらゆる動物たちが喜々として食べている屍を、そのすべてを掻き集めて、首を刎ねた。首のない屍は、山に積まれた。そうして、その首を、カニュドスへと行く主要な道の両側に、きちんと等間隔をおいて並べた。等間隔というのは、両側の首と首が、きっちりと相互に睨み合えるように、という——もし気遣いという言葉がこういう場合にも使えるものならば、ともあれそういう心持ちからであった。街路樹の代りに、首を植えた道であった。

首の背後に、もし棘だらけの低い灌木があるならば、その木に軍隊の栄光と壮麗をかたちづくる、かのありとあらゆる光り輝くがらくたをひっかけた。首は熱射に、たちまち骸骨と化し、この砂漠と棘の灌木だけしかない地にあって、しかも狂徒を弾圧に来た筈の開化民の血を吸ったばかりの蛮地にあって、きらきらと光り輝く軍用のがらくたは、滑稽とも愚劣とも、謂いようもなく異様に光り輝いていた。

さらに、棘ある灌木は、軍用のありとある物品によって飾られた。青に赤筋の軍袴《パンタロン》、美麗な鳥の羽根付きの将校制帽――この鳥の羽根はアマゾン奥地で求められ、欧州諸国の軍用に輸出されていた――色彩鮮かな将校用制服、兵用頭巾付外套、水筒、金糸銀糸入りの肩章、金糸を綯った飾緒、皮帯等々。種々の勲章は言うまでもなく、これらのすべては軍隊の栄光をこそ演じ出すべき筈のものであったが、曠野の棘灌木にひっかけられて、時ならぬ謝肉祭《カルナヴァル》の町飾りの役を演じさせられていた。

そうしてタミンリンゴ大佐自身は、この謝肉祭の花飾りを主催する役を演じさせられていた。首と光り輝く棘灌木の並ぶ道の突き当りに、大佐の屍は、一本の緑色の棘だらけの木に串刺しにされて風に揺れていた。美麗な軍服の胸に十五の勲章が輝いていた。軍帽の鳥の羽根も色鮮かに、風にそよいでいた。

大佐の屍は、軍服のなかにあって、乾きに次第に縮んで行ったが、勲章は輝きつづけた。来る月も来る月も、輝きつづけた。

至尊にして、しかももっとも冷厳なる師の誓いは、果された。

このしゃれこうべと金銀に輝く低い棘の木をもつ通りは、第四の、大遠征軍を招く亡霊の道でなければならなかった。この度は、本当の大軍、如何なる場合、条件にも備えた大軍でなければならなかった。しゃれこうべと金銀に輝く棘灌木の道を通って、カニュドスと教区顧問アントニオ師にまで到達するためには、正式の植民地戦争を行う戦略と戦術を練らなければならなかった。

カニュドスは、もはや無い。叢林《カティンガ》の天の王国も、無い。神秘に燃え上ったこの年は、乾きの平原の民を旧に倍した悲惨に突き落した。そうして彼らが再びの大旱魃《セッカ・グランデ》期を迎えて、この光りの地獄から次なる地獄に突き入れられるまでに十年はかからなかった。

二十世紀は、ゴムを必要とした。乾きの平原の、数百万の襤褸の民は、海岸に駆り集められ、奴隷船に詰め込まれて、北西へ海を航し、海の如き川を溯り、このたびは、光りと乾きの代りに、水と緑の地獄であるアマゾン奥地に叩き込まれ、日も射さぬ真暗らな密林のゴムの木の傍に放り出された。ゴムの木を、アマゾンの原住民は、泪《なみだ》する木、と呼んでいた。

主要資料
Lucien Bodard : Le Massacre des Indiens.

解説

行進する巨大なもの

橋本　治

堀田善衞は、今では死語となってしまった「知識人」に属する作家である。知識人型の作家は、人と社会のあり方と、それを凝視する人物を書く。『至福千年』や『聖者の行進』は、グロテスクになってしまった「人と社会のあり方」を書き、『方舟の人』は、これを凝視する人物を書くものである。ところでしかし、その堀田善衞はまた、一九六一年に公開された怪獣映画『モスラ』の原作者の一人である。知識人と『モスラ』はどう結びつくのか？　別に難しい話もない。この本の一番最後に収められている『聖者の行進』を読めば、この作者が『モスラ』の原作者であっても一向に不思議はないと感じるだろう。砂礫《されき》の荒野を、なにか巨大なグロテスクなものが進むのが、この作品であり、そこには破壊しかない。しかも、この行進は「聖なるもの」を目指しているのである。人間に捕えられた小妖精を求めて、巨大なモスラの幼生が都市を破壊して匍匐《ほふく》前進する様が、この作品の向こうに透けて見える。ちなみに、中村真一郎、福永武彦とのリレー共作による映画『モスラ』の原作――『発光妖精とモスラ』で、堀田善衛が担当するのは、巨大なモスラの幼生が海上に姿を現してから後の、破壊部分である。

そう思えば、この七つの短篇小説を収める本書は、巨大なものがひたすらに破壊殺戮し尽すイメージに貫かれている。

巨大なものの正体は、もちろん「無知」である。そのことは『至福千年』に剰さず書かれている。

宗教は、認識するものである。しかもその認識は、人以外のものに由来している。だから、ユダヤ教やキリスト教で、認識する者は預言者である。その言葉を神から預けられている。それが、人に向かって語られれば、予言となる。予言は未来を語る。

預言者は何人も現れる。そのことによって、語られる未来は、先へ進む。預言者が現れなくなったら、語られる未来は先へ進まなくなる。「永劫の時」といった大雑把な捉え方で、未来は停滞したままに止まっている。そして、現実の中で一応の安定を確保した人間達は、それで一向に困らない。「遠い遠い未来」は、現実とは無縁の遠い遠い未来だからである。

認識は先へ進む。しかし、先へ進み過ぎた認識は、人の現実生活とは関わりを持たなくなる。人は認識をして「その先」を見たがるものであると同時に、その認識を固定して、自分の現実を安定させたがる。

既に、人の認識はそれ自体で矛盾を孕んでいるけれども、現実社会にいる人間は、決して一色ではない。安定した現実に生きる者もいれば、生きられない者もいる。安定した現実を獲得した者は、余分な認識をして不必要な「その先」を見ようとは思わない。それは、安定の崩壊につながりかねないものだからである。しかしその一方、安定した現実を獲得出来ていない者は、「その先」を見なければならない。まだ存在しない「安定した現実」は、「その先」にしかないからである。

安定した現実を得た者と、得ない者との間には、ギャップがある。『至福千年』が導入部で語るのは、このギャップである。

〝五世紀の初期に出現した聖アウグスティヌスの『神の国』は、体制としての教会にとっては、実に教会の救い主のようなものとして受け取られた。アウグスティヌスは、黙示録は霊的な比喩であり、至福千年、あるいは千年王国にいたっては、すでにキリスト教の誕生と同時に開始されており、教会のなかにおいてすでに完全に実現されている、としたのである。かくてこの考え方が公式教義となり、その後の公会議において、千年王国説は迷信的錯誤であるとさえ断罪されたのであった。かくて千年王国説関係の文書は、徹底的に掃滅させられた。

けれども、一度び人々の心に植えつけられた強烈な幻想が消えることはありえない。それは昏黒な地下の、教会側から見ての俗信のなかに生き残るのである。〟（傍点筆者）

時間と共に流動して行こうとする認識を固定するのも、また認識である。「黙示録は霊的な比喩であり――」と断定したアウグスティヌスは、そのことによって、預言者の更なる出現を止めたのである。アウグスティヌスのこの認識は、神に由来するものではない。彼の頭脳に由来するものである。認識を我が身に由来させるものが知性で、それがあればこそ、たとえ預言者であっても、人は混乱の中に突入しなかった。知性を生み出しうるほどの安定を確保した者は、幸いである。認識を自分自身の中に由来させることが出来ない者は、自身を超えたものに認識の根拠を置く。それはすなわち、万全なる無責任である。自身はその認識に、責任を負う必要がない。必要なのは、ただその無責任を全うさせてくれるような、どこからか言葉を預けられて来た者である。

預言者は、預言者を待望する人々によって、預言者となる。そして、預言者を待望する人々は、そのことによって、既に半ば預言者である。預言者は、その責任の半ばを「預言者を待望する人々」に預け、預言者を待望する人々は、自身の願望の大半を預言者の上に見る。この両者の含意を成り立たせるものが、信仰という共有枠である。かくして千年王国という信仰は、途方もない暴走を開始する。タフールの群れが、敵味方どちらにとっても手に負えない暴行と残虐を恣《ほしいまま》にするのは、彼等が内に向かっては完璧な信仰集団で、外に向かっては一切の責任から離脱しきってしまった無責任集団だからである。「無知」とは、このようなことを言うべきであろう。

本書に収録された七篇は、宗教を強い枠組として存在させる、中世を舞台にした作品である。すべての人間達は「宗教の中にいる」と言ってもいいが、この宗教は、内に対して緻密な整合性を持ち、外に対しては無責任極まりない、力を持った宗教である。

外に対して無責任極まりないものが、内に凝縮して力を持って進む――願望の成就、あるいは信仰の成就というものだけを目指して、既に確定されてしまった認識の外側の、逸脱して存在する妄想的な時間の中を。それはすなわち、破壊することを自覚せぬままに匍匐前進する、巨大なモスラの幼生と同じものである。

本書は、まるでボレロのように、このひたすらなる無知の凄まじい行進を描き出す。

第一篇の『酔漢』は、発火点となるような序奏である。

日本を舞台にしたこの一篇だけは、他の六篇といささか毛色が違う。それは、最後に主人公として現れる成田兵衛為成以下の男達が、宗教に包囲されてはいても、宗教の中にはいないからである。だから彼等は、莫迦らしくなって、髻《もとどり》を切り、耳を切り、腹を切って命を捨て、火を放つ――放った火は、知識人鴨長明を慨嘆させる大火となって、都の半分を焼失させる。しかし、だからと言って、彼等が無知だということではない。あまりの莫迦莫迦しさに言葉を失ったその末に、行為でその認識を形にしただけである。

「莫迦莫迦しい」の一言で、その莫迦莫迦しい世界は消滅する――それはいっそ、快感のようなものだ。「莫迦莫迦しささえ十分に認識出来ないこの日本に火を放ってやる」という啖呵を作者が切っていさえするような感じが、私にはする。そして、この作品を導入部にして、宗教の中にいる人間達の壮大なる莫迦莫迦しさの限りが始められる。

『酔漢』の典拠となった『源平盛衰記』――巻四の「京中焼失の事」には、もちろん『方丈記』の記述などない。京の都の被害状況を語って、その最後を「浅増《あさまし》と云ふも疎也《おろか》」とだけ結ぶ。あさましいのは「大火の被害」でもあろうけれど、火事の元凶ともなった男達の行為をも指すだろう。しかし、堀田善衞はそのように結ばない。ただ、「酔漢の行為が『方丈記』に記されるような途方もないものにまでなった」と言わぬばかりの書きようである。〝髻と耳を切った二人がどうしたか、それはわからぬ。〟という投げ出し方は、まるで、「酔った上でのこと、許されよ」と言っているようにも響く――少なくとも、私にはそう思われる。「名もない」に等しいような人間の行為が、これだけとんでもない結果を招来させてしまう――その作品のタイトルが『酔漢』という投げ出し方もすごいが、本書に収録された七篇には、どれもこれも、どこかに暗く響く嗤《わら》いが、きちんと隠されている。

ちなみに、この京都の大火は、平家追討の謀議で有名な京都鹿谷のクーデター計画が発覚する一月前の出来事である。鹿谷の謀議と言えば俊寛が有名だが、白山の寺で騒ぎを起こした師高・師経兄弟の父親である西光も、その一味に加わっている。反平家を企てる人間が比叡山の宗教勢力を刺激し、その騒ぎに巻き込まれた平重盛が荒れ狂った宗教勢力と向かい合わされ、そのとばっちりを受けた乳人子成田兵衛為成が罪を負わされる——そうしている間にも、新興の平家を憎む西光以下の旧勢力が平家打倒の計画を練っているのだから、罪を負わされる成田兵衛にとって、これ以上の莫迦莫迦しさはないようなものだ。

莫迦げているのは、内に閉じたまま完結し、外を顧みることを平然と拒む集団のあり方である。それは、外部にある者に「莫迦げている」の一言を吐くことさえ許さない。その壮絶なる莫迦莫迦しさが、『酔漢』を序奏として始まる。

続くキリスト教を中心に置く西洋世界を題材にした六篇は、整然たる法則性に則っている。『至福千年』は、そのタイトルが皮肉にも響く、壮絶なる莫迦らしさの極限である。既に「莫迦らしい」という言葉さえも遠くに撥ねつけている。

『至福千年』と対をなすのが、ブラジルに於ける同種の残虐、『聖者の行進』である。このタイトルには、底無しの暗さを示す嗤いがある。

宗教的モスラの匍匐前進に挟まれる四篇の作品は、聖の世界に属する二人の男と、俗の世界に属する二人の男の話である。聖も俗も、一切を薙ぎ倒してただ前進する「巨大なもの」に取り囲まれて存在している。

俗に君臨するがゆえの聖であるその世界には、明確な序列がある。君臨される俗の世界は、その序列を崩そうとして動くが、君臨する序列は、これを崩させようとはしない。だから、聖なる世界の序列の頂点に立つ男は、二人とも孤立を当然とする。〝神を信じていたとは信じ難いほどの言動が、あまりに多かったのである。〃と書かれる『ある法王の生涯――ボニファティウス八世』の主人公、絶対の権力者となったボニファティウス八世＝ベネディクト・ガエタニも、自分の法王としての正当性と正統性に固執――あるいは殉じて、〝全世界、全人民を破門する、という往古未曾有の破門状を発した〃『方舟の人』のベネディクトゥス十三世も。

「聖なる機構が俗なる人の上に確固として存在していて、自分自身がその頂点にいるなら、その時点で自分の聖性は完了している――だから、後は聖を選ぶも俗を選ぶも、余人の関知するところではない」としてしまったボニファティウス八世と、「聖なる機構は俗なる人の上に確固として存在していなければならず、自分自身はその頂点にいる――である以上、これに異を唱える余人は一切存在しなくてもよい」としてしまったベネディクトゥス十三世は、私にとっては、俗と聖との選択方向を異にするだけの、同一人物であるように思える。そのような最高責任者の超然がなかったら、『至福千年』や『聖者の行進』のような大混沌は生まれないだろう。そして、自分達の上に存在するはずの聖の世界の最高責任者を、そのような超然に追いやるような俗の現実世界は、いつでも『至福千年』や『聖者の行進』のような逸脱を生み出す、あやふやさに満ちている。

そこで生きるために、人は〝実際的〟にならざるをえないとして登場するのが、『傭兵隊長カルマニョーラの話』と『メノッキオの話』の両主人公である。

私は、粉屋のメノッキオが大好きである。「自分の遠い先祖がこんなところにいたのか」と思う。愚劣極まる世界の中に、その現状を逆手に取るカルマニョーラやメノッキオのような人物がいたことは、救いである。がしかし、作者の語るところは、「こういう人物がいたことは希望である」ではない。なぜかと言えば、この二人は、ともに殺されてしまうからである。聖の世界の頂点に立って孤立した二人の法王は、全世界と対立しても殺されず、天寿を全うする。一方、現実世界の中に生きた実際的な二人は、その実際的なあり方の素晴しさにもかかわらず、殺されてしまう。処刑という、彼等を取り巻く現実世界の断罪によって、その生を了えさせられる——そのことによって、七篇の短篇小説によって構成される本書の「主役」はガラッと変わる。つまりは、巨大にして混沌たる無知である。

メノッキオは死刑に処せられて、『聖者の行進』が始まる。カルマニョーラが殺されて、彼を処刑したヴェネツィアのあり方が浮かび上がる。〝観光客の立ち寄らない裏町には、すでに窓ガラスも破れ果てて、うつろな眼窩を水路に向けている廃屋が目立つのである。〟と書かれるヴェネツィアは、数億あるいは数十億の、砂洲や沼地に打ち込まれた杭の上に立っている。その杭は、どこから来たか

――〝うつろな眼窩を水路に向けている廃屋が目立つ〟現在のヴェネツィアは、中近東のレバノン杉を丸裸にして成り立った。かくして、カルマニョーラを処刑するヴェネツィアは、『至福千年』の末尾へと戻る。

タフールの群れの無残と残虐を書いたその後で、『至福千年』は不思議なラストを迎える。

〝私の中近東における経験は甚だもって貧しいものであるにすぎない。ベイルートからダマスカスへの山越えのバスに乗っていて、レバノン国の国旗にさえ描かれている、かの堂々として樹木の王者たる観のある、レバノン杉の森を見たいものと願っていたのであったが、峠までの道中でたったの一本しか見ることが出来なかった。

私、「一体どうしたのだ?」

相客、「五百年ほど前に、ヴェネツィア人たちがみな伐ってしまったのだ。」〟

まるで落語のサゲみたいだが、唐突に登場する「ヴェネツィア人たち」が、『傭兵隊長カルマニョーラの話』の陰に佇む、哀れにして暗い主役である。

〝しかし、小預言者たちによって、あたかも魅せられたかのようにして集合して来た流民たちは、軍事的素質はもとより持たず、彼らが共有するものは、その性急さと激越な感情だけである〟――これが、エルサレムを血の海に変えたタフールの群れの始まりである。

〝北イタリアのあの豊かな土地を捨てて、瘴気にみち泥臭のする水のなかへ――少し荒く掻きまわせば、たちまち水は濁り、汚泥の臭いがたちこめて来る――人々は、左様、逃れて来たのであった、恐怖に追われて。〟――これが、レバノン杉を伐り尽してしまった水の都ヴェネツィアの始まりである。

一方が迅速で、他方がゆるゆるとしていた――違いはそれくらいのものなのかもしれない。

ヴェネツィアは、自分を支える一本の杭のようにカルマニョーラを雇い、海に沈めるがごとくに殺す。超絶した法王は教会を顧みず、教会は粉屋のメノッキオを殺す。そして、『聖者の行進』が始まる。壮絶なる『至福千年』によって幕を開けるヨーロッパの中世世界は、聖俗二人ずつの男によって詳しく説き明かされ、結局『聖者の行進』へ戻って行く。それを表題とする本書は、「救い」などというものを撥ね飛ばす、巨大なる暴力の行進である。

「作者はそれを書きたかったのだろう」としか、言いようがない。

ところで、『酔漢』から『聖者の行進』までの七篇は、単に発表順に並べられているのではない。一九八六年に単行本として出版されるこの本に収録された作品は、一九七一年から十五年に亘って書き継がれている。発表順に七篇を並べると、この本の持つニュアンスはかなり変わる。

一番最初、一九七一年に発表されるのは、『聖者の行進』である。次に『酔漢』、それから『方舟の人』、『メノッキオの話』、『傭兵隊長カルマニョーラの話』、『至福千年』と続いて、『ある法王の生涯

――ボニファティウス八世』が一番最後に来る。この流れは、ある種現実的な、諦念に満ちた解決策を示すようなものである。

一切を拒絶する残虐極まりない『聖者の行進』がまずある。それを、「酔った上での妄想だ」と片付けたがるような『酔漢』が追う。そこから一転して、騒然たる現実を遮断する『方舟の人』になり、実際的な庶民の知性の形を語る『メノッキオの話』になり、入り組んだ現実を渡り歩くしたたかな『傭兵隊長カルマニョーラの話』へと続いて、彼を殺したヴェネツィアの哀れが、『至福千年』へと至る。こんなとんでもない信仰を生み出してしまったものはなにかという思索が、信仰とはほとんど無縁である冷徹なる現実主義の法王を書く『ある法王の生涯――ボニファティウス八世』を生み出す――そのように考えることも出来る。そう思うと、ボニファティウス八世の生涯を総括するこの作品の最後は、かなり意味深長なものにもなる。

〃かくて長きにわたる、教会分裂が発起する。いわゆる『バビロンの捕囚』に比せられる、アヴィニオン法王時代である。法王は一挙にフランス国民国家の王の下にあって、教会の行財政担当長官の如きものになってしまった。

公的《カトリック》かつ普遍の真理と、国民的《ナショナル》な自己同一性との相克抗争であった。そうしてローマの荒廃は、ついに恢復不可能のものとなって行った。なおボニファティウスに対する、死後の異端審問は、判決に到らなかった。〟

「世界は、思想と現実の二つに割れた。無知の暴虐を野放しにするほど無力でもあった思想の中心は、恢復不可能の廃墟と化し、そして、思想の中心にありながら思想のあり方に拘泥しなかった、エゴイストにも等しい現実主義者を否定する論理はない」である。一九八六年、バブル経済とその破綻に向かって行く日本にあって、これは、それまでの思想状況を回顧するのにふさわしい比喩ともなる。ちなみに、『聖者の行進』が発表される一九七一年は、それまであった思想の左右対立が無効になって、新左翼が凄惨な末路を迎えようとする時期でもある。そのように、本書の七篇は、社会状況に対応する作者のあり方をあぶり出すようなものでもある。しかし、単行本としてまとめられた時、この七篇はまったく別の方向性を示すことになった。すなわち、「巨大な無知はある」である。

それがある以上、「ある」とすることから逃げることは出来ない。この七篇が単行本としてまとめられた九年後、オウム真理教の事件が起こる。『聖者の行進』は、生々しく甦る。

今や二十一世紀になって、どこもかしこもが混沌だらけである。混沌がある以上、それを凝視することから逃げられない。逃げれば巻き込まれる――それをするのが、妄想的な時間軸を前進し続ける「混沌」というものである。

認識は、たやすく妄想に巻き込まれ、認識は、それ自体が妄想のエネルギーともなる。知性は、その認識にかけられる手綱である。混沌とした暴力のエネルギーに手綱をかけて制御したら、そこには「嗤い」も生まれるだろう。決して明るくはない。暗いのはしかし、その嗤いを嗤う知性のせいではない。手綱をかけられても決して動きを止めようとはしない、混沌の持つエネルギーのせいである。

暗いがしかし、嗤うという知性は捨てられない——この作品集の中に「嗤い」がそれでも持続するのは、混沌を凝視しようとする作者の、強い知性の力によるものだろう。

橋本　治（はしもと・おさむ）

作家。一九四八年、東京都生まれ。東京大学文学部国文学科卒業。在学中からイラストレーターとして活躍するが、一九七七年に作家に転身、小説『桃尻娘』（「小説現代新人賞」佳作）を発表。以降、既成概念にとらわれない自由な発想で、小説、古典の現代語訳、美術や映画などの評論、社会時評などさまざまなジャンルにまたがって執筆活動を展開する。一九九五年『宗教なんかこわくない！』で新潮学芸賞、二〇〇二年『「三島由紀夫」とはなにものだったのか』で第一回小林秀雄賞を受賞。そのほかの代表作に『花咲く乙女たちのキンピラゴボウ』『窯変源氏物語』『双調平家物語』『ひらがな日本美術史』など。

堀田善衞年譜

一九一八年〔大正七年〕
七月一七日、富山県射水郡伏木町（現・高岡市）に生まれる。父・堀田勝文、母・くにの三男で末っ子。生家は江戸時代から続く廻船問屋を営む旧家だった。

一九二五年〔大正一四年〕
七歳。伏木尋常小学校に入学。

一九三一年〔昭和六年〕
十三歳。石川県金沢市の県立第二中学校に入学。家業が傾いたため、中学時代は親戚の楽器店やアメリカ人宣教師宅に下宿する。音楽家志望だったが、耳の病気にかかり断念。

一九三六年〔昭和一一年〕
一八歳。慶応大学法学部政治学科予科に進学。入試のために上京したところ、二・二六事件に遭遇する。

一九三九年〔昭和一四年〕
二一歳。慶応大学法学部政治学科に進学。

一九四〇年〔昭和一五年〕
二二歳。文学部仏蘭西文学科に転科。在学中の学友に白井浩司（仏文学者）、加藤道夫（劇作家）、芥川比呂志（俳優）らがいた。

一九四二年〔昭和一七年〕
二四歳。九月、大学を繰上卒業。国際文化振興会に就職する。大学在学中から詩の同人誌「荒地」などに参加し、鮎川信夫、田村隆一、中村真一郎、加藤周一らを知り、大学卒業後は、吉田健一を通じて「批評」の同人となり、中村光夫、河上徹太郎、小林秀雄、山本健吉らを知る。これら同人誌に詩、エッセイ、評論などを発表する。

一九四三年［昭和一八年］
二五歳。軍令部臨時欧州戦争軍事情報調査部に徴用される。

一九四四年［昭和一九年］
二六歳。東部第四八部隊に召集されるが、骨折による胸部疾患のため召集解除となる。

一九四五年［昭和二〇年］
二七歳。国際文化振興会に戻り、三月一〇日の東京大空襲を体験。その後、派遣されて中国に行く。上海で中日文化協会に勤めていた武田泰淳、石上玄一郎と知り合う。また草野心平を知り、詩誌「歴程」の同人となる。敗戦後の一二月、中国国民党宣伝部に留用される。

一九四六年［昭和二一年］
二八歳。国民党宣伝部に留用のまま上海に滞在。

一九四七年［昭和二二年］
二九歳。引揚船で帰国し、世界日報社に入社。

一九四八年［昭和二三年］
三〇歳。世界日報社解散のため退社し、神奈川県逗子市に転居。一二月、戦後最初の小説「波の下」を「個性」に発表。

一九五〇年［昭和二五年］
三二歳。『モーパッサン詩集』（酣燈社）を翻訳刊行。

一九五一年［昭和二六年］
三三歳。九月、「中央公論・文芸特集」に「広場の孤独」を全編掲載。同月に「文学界」に発表した「漢奸」とともに、昭和二六年度下半期の芥川賞を受賞する。第一創作集『広場の孤独』（中央公論社）を刊行。『白昼の悪魔』（アガサ・クリスティー、早川書房）を翻訳刊行。

一九五二年［昭和二七年］
三四歳。連作小説集『祖国喪失』（文藝春秋新社）を刊行。加藤道夫の脚色・演出で文学座が『祖国喪失─歯車・漢奸より』を公演。

一九五三年［昭和二八年］　三五歳。父、勝文死去。初の長編『歴史』（新潮社）、新文学全集『堀田善衛集』（河出書房）、現代日本名作選『広場の孤独・祖国喪失』（筑摩書房）を、それぞれ刊行。

一九五五年［昭和三〇年］　三七歳。長編『夜の森』（講談社）、長編『時間』（新潮社）、長編『記念碑』（中央公論社）を刊行。埴谷雄高・野間宏・梅崎春生・武田泰淳・椎名麟三・中村真一郎と「あさって会」結成。

一九五六年［昭和三一年］　三八歳。ニューデリーで開かれる第一回アジア作家会議に、日本からの唯一の参加者としてインドに行く。日本文化人会議より平和文化賞を受賞。『記念碑』第二部である『奇妙な青春』（中央公論社）を刊行。

一九五七年［昭和三二年］　三九歳。中国作家協会・中国人民対外文化協会より井上靖らと共に中国に招待される。世界推理小説全集43『A・B・C・殺人事件』（アガサ・クリスティー、東京創元社）を翻訳刊行。長編『鬼無鬼島』（新潮社）、『インドで考えたこと』（岩波新書）を刊行。

一九五八年［昭和三三年］　四〇歳。第一回アジア・アフリカ作家会議の準備のためソビエト、フランス、アフリカなどを歴訪。NHKラジオドラマ「日本の天」で芸術祭奨励賞を受賞。連作短編集『現代怪談集』（東京創元社）、新選現代日本文学全集30『堀田善衛集』（筑摩書房）を刊行。

一九五九年［昭和三四年］　四一歳。アジア・アフリカ作家会議日本協議会事務長に就任。評論集『上海にて』（筑摩書房）、評論集『後進国の未来像』（新潮社）を刊行。唯一の戯曲「運命」が、劇団民芸によって上演（演出・宇野重吉）される。

一九六〇年［昭和三五年］
四二歳。NHKラジオドラマ「渦潮」によって芸術祭奨励賞を受賞。評論集『建設の時代』（新潮社）、長編『零から数えて』（文藝春秋新社）、短編集『香港にて』（新潮社）を刊行。

一九六一年［昭和三六年］
四三歳。アジア・アフリカ作家会議東京臨時大会に事務局長として出席、国際準備委員会委員長として報告を行う。島原の乱を描いた長編『海鳴りの底から』（朝日新聞社）を刊行。

一九六二年［昭和三七年］
四四歳。第二回アジア・アフリカ作家会議のため、カイロに行き、全体会議で運動報告を行う。日本文学全集67『堀田善衞集』（新潮社）を刊行。

一九六三年［昭和三八年］
四五歳。文化放送ラジオドラマ「天と結婚」で芸術祭奨励賞を受賞。団伊玖磨の合唱・管弦楽曲『岬の墓』のために作詩、芸術祭賞を受賞。原爆投下に携った米兵を主人公にした長編『審判』（岩波書店）を刊行。

一九六四年［昭和三九年］
四六歳。キューバ革命蜂起記念祝典に招待を受けて出席。評論集『文学的断面』（河出書房新社）を刊行。

一九六五年［昭和四〇年］
四七歳。長編『スフィンクス』（毎日新聞社）、日本現代文学全集99『野間宏・堀田善衞集』（講談社）を刊行。

一九六六年［昭和四一年］
四八歳。『キューバ紀行』（岩波新書）、エッセイ集『歴史と運命』（講談社）を刊行。

一九六七年［昭和四二年］
四九歳。われらの文学9『堀田善衞・深沢七郎』（講談社）、編著・講座中国4『これからの中国』（筑摩書房）を刊行。

一九六八年［昭和四三年］
五〇歳。ソビエト・タシュケントで開かれたアジア・アフリカ作家会議十周年記念集会に出席。席上で公式に、ソ連軍によるチェコスロバキア占領について抗議。現代文学大系61『堀田善衞・遠藤周作・阿川弘之・大江健三郎集』（筑摩書房）、日本の文学73『堀田善衞・安部公房・島尾敏雄』（中央公論社）、自伝的長編『若き日の詩人たちの肖像』（新潮社）を刊行。

一九六九年〔昭和四四年〕　五一歳。連作美術エッセイ『美しきもの見し人は』（新潮社）、評論集『小国の運命・大国の運命』（筑摩書房）、日本短編文学全集48『野間宏・花田清輝・堀田善衞・安部公房』（筑摩書房）を刊行。

一九七〇年〔昭和四五年〕　五二歳。インドで開かれたアジア・アフリカ作家会議に出席。書き下ろしの連作『橋上幻像』（新潮社）、大原三千雄・木下順二と共同で編んだアンソロジー『日本原爆詩集』（太平出版社）、短編集『あるヴェトナム人』（新潮社）を刊行。

一九七一年〔昭和四六年〕　五三歳。現代日本の文学40『堀田善衞・深沢七郎集』（学習研究社）、新潮日本文学47『堀田善衞集』（新潮社）、長編エッセイ『方丈記私記』（筑摩書房）を刊行。『方丈記私記』で、第二五回毎日出版文化賞を受賞。

一九七二年〔昭和四七年〕　五四歳。現代日本文学大系87『堀田善衞・遠藤周作・井上光晴集』（筑摩書房）、唯一の新聞連載小説『19階日本横丁』（朝日新聞社）、を刊行。

一九七三年〔昭和四八年〕　五五歳。カザフ共和国のアルマ・アタで開催されるアジア・アフリカ作家会議に出席。武田泰淳との対話『私はもう中国を語らない』（朝日新聞社）、経済界トップとの対談集『けいざい問答』（文藝春秋）、『堀田善衞自選評論集』（新潮社）、現代の文学14『堀田善衞』（講談社）を刊行。

一九七四年〔昭和四九年〕　五六歳。アジア・アフリカ作家会議日本協議会主催の日本・アラブ文化連帯会議に出席。『ゴヤ　第一部　スペイン・光と影』（新潮社）を刊行。六月から翌年九月にかけて『堀田善衞全集』（全十六巻、筑摩書房）が刊行される。

一九七五年［昭和五〇年］　五七歳。『ゴヤ　第二部　マドリード・砂漠と緑』（新潮社）を刊行。

一九七六年［昭和五一年］　五八歳。『ゴヤ　第三部　巨人の影に』（新潮社）を刊行。

一九七七年［昭和五二年］　五九歳。『ゴヤ　第四部　運命・黒い絵』（新潮社）を刊行。『ゴヤ』全4巻により、大佛次郎賞を受賞。五月、船でヨーロッパへ旅立つ。以後、数回の帰国をはさみ、一九八七年一二月まで、スペイン各地に住む。エッセー集『本屋のみつくろい―私の読書』（筑摩書房）、筑摩現代文学大系73『堀田善衞・長谷川四郎集』（筑摩書房）を刊行。

一九七八年［昭和五三年］　六〇歳。ソビエトのタシュケントで開かれたアジア・アフリカ作家会議二十周年記念大会に出席。横浜からロッテルダムへの航海日記『航西日誌』（筑摩書房）を刊行。

一九七九年［昭和五四年］　六一歳。スペイン政府から賢王アルフォンソ十世十字章を受章。アンゴラのルアンダで開かれたアジア・アフリカ作家会議に出席し、ロータス賞を受賞。『スペイン断章―歴史の感興』（岩波新書）、エッセー集『スペインの沈黙』（筑摩書房）を刊行。

一九八〇年［昭和五五年］　六二歳。スペイン滞在日記『オリーブの樹の蔭に―スペイン４３０日』（集英社）を刊行。

一九八二年［昭和五七年］　六四歳。ドイツ・ケルンで開催された国際文学者平和会議ＩＮＴＥＲＬＩＴ’82に出席。

一九八四年〔昭和五九年〕　六六歳。アジア・アフリカ作家会議議長を辞任。エッセー集『日々の過ぎ方―ヨーロッパさまざま』（新潮社）、写真文集『カタルーニア讃歌』（写真・田沼武能、新潮社）を刊行。

一九八五年〔昭和六〇年〕　六七歳。書き下ろし長編『路上の人』（新潮社）を刊行。

一九八六年〔昭和六一年〕　六八歳。エッセー集『歴史の長い影』（筑摩書房）、『定家明月記私抄』（新潮社）、中世小説集『聖者の行進』（筑摩書房）、加藤周一との対話『ヨーロッパ・二つの窓』（リブロポート）を刊行。

一九八八年〔昭和六三年〕　七〇歳。『定家明月記私抄　続篇』（新潮社）を刊行。

一九八九年〔昭和六四年・平成元年〕　七一歳。同時代評集『誰も不思議に思わない』（筑摩書房）、連作小説集『バルセローナにて』（集英社）、昭和文学全集17『椎名麟三・平野謙・本多秋五・藤枝静男・木下順二・堀田善衞・寺田透』（小学館）を刊行。

一九九一年〔平成三年〕　七三歳。モンテーニュの生涯を描いた長編『ミシェル　城館の人　第一部　争乱の時代』（集英社）を刊行。

一九九二年〔平成四年〕　七四歳。七月から一〇月まで13回にわたってＮＨＫ教育テレビ『ＮＨＫ人間大学　時代と人間』に講師として出演。『ミシェル　城館の人　第二部　自然　理性　運命』（集英社）、同時代評第二部『時空の端ッコ』（筑摩書房）、司馬遼太郎、宮崎駿との鼎談集『時代の風音』（ユー・ピー・ユー）を刊行。

一九九三年〔平成五年〕　七五歳。回想録『めぐりあいし人びと』（集英社）を刊行。五月から翌年八月にかけて、前回の全集に増補した第二次『堀田善衞全集』（全十六巻、筑摩書房）が刊行される。

一九九四年［平成六年］七六歳。『ミシェル　城館の人　第三部　精神の祝祭』（集英社）を刊行。

一九九五年［平成七年］七七歳。朝日賞受賞。『ミシェル　城館の人』全三巻で和辻哲郎文化賞を受賞。同時代評第三部『未来からの挨拶』（筑摩書房）を刊行。

一九九八年［平成一〇年］八〇歳。日本芸術院賞を受賞。同時代評第四部『空の空なればこそ』（筑摩書房）、『ラ・ロシュフーコー公爵傳説』（集英社）を刊行。九月五日、脳梗塞で死去。

没後、『天上大風―全同時代評　一九八六年―一九九八年』（一九九八、筑摩書房）、日本古典論集『故園風来抄』（一九九九、集英社）、『堀田善衞詩集　一九四二～一九六六』（一九九九、集英社）、未発表詩集『別離と邂逅の詩』（二〇〇一、集英社）が刊行された。

スタジオジブリ出版部編

初出一覧

酔漢『文芸』一九七二年一月号
至福千年『すばる』一九八四年六月号
ある法王の生涯『すばる』一九八六年五月号
方舟の人『別冊小説新潮』一九八〇年一月号
傭兵隊長カルマニョーラの話『すばる』一九八三年一〇月号
メノッキオの話『すばる』一九八三年六月号
聖者の行進『文芸』一九七一年四月号

単行本『聖者の行進』は、一九八六年一一月、筑摩書房より刊行。

本書は筑摩書房より一九九三年に刊行された『堀田善衛全集』第八巻を底本としました。

聖者の行進

二〇〇四年二月二九日　初版

著　者　堀田善衛　©Yuriko Matsuo 1986

発行人　鈴木敏夫
発　行　株式会社徳間書店スタジオジブリ事業本部
〒一八四―〇〇〇二　東京都小金井市梶野町一―四―二五
電　話　〇四二二（六〇）五六三〇
本　社　〒一〇五―八〇五五　東京都港区芝大門二―二―一
電　話　〇三（五四〇三）四三二四（販売）
振　替　〇〇一四〇―〇―四四三九二

デザイン　有山達也（アリヤマデザインストア）
飯塚文子（アリヤマデザインストア）
編集担当　禰津亮太
編集協力　岸　宣夫
印　刷　本郷印刷株式会社
カバー　真生印刷株式会社
製　本　大口製本印刷株式会社

©2004 Studio Ghibli　Printed in Japan
ISBN4-19-861824-0
乱丁、落丁が万が一ございましたら、本社・徳間書店宛にお送りください。
送料小社負担にてお取り替えいたします。